ReFoundation
Un Roman de Science-Fiction

Richard G. Hole

Science-fiction et fantastique

@ Richard G. Hole, 2022

Couverture : @Pixabay - Reimund Bertrams, 2022

Tous les droits sont réservés.

Toute reproduction totale ou partielle de l'œuvre est interdite sans l'autorisation expresse du titulaire du droit d'auteur.

SYNOPSIS

Il marcha une cinquantaine de mètres dans ce labyrinthe de feuilles géantes.

Soudain, il entendit un étrange bourdonnement et leva instinctivement les yeux en l'air.

Parmi les roches denses s'élevait dans les airs, un artefact de forme ronde, légèrement conique au sommet.

La vision était fugace, très fugace, car le disque se perdait dans les hauteurs, disparaissant de sa vue, malgré le fait qu'aucun nuage ne brouillait le bleu du ciel.

Comme pétrifié, il resta immobile.

D'où cela venait-il ?

Il écoutait le silence. Un silence terrible qui a marqué l'immense solitude de la plantation...

ReFoundation est une histoire appartenant à la série Science Fiction, une collection de romans de science-fiction et de fantasy

REFOUNDATION

CHAPITRE I

C'était l'année solaire 28930 pour ReFoundation.

La ferme était une immense plaine qui se perdait dans l'horizon. Elle était parfaitement ensemencée et son extension, bien plus grande que certaines des anciennes nations de la planète, donnant ainsi une idée de l'opulence de son propriétaire.

Allton possédait tout. Homme riche et influent dans tous les domaines.

Maintenant, il était là, à côté du véhicule qui lui servait à inspecter personnellement les terrains en compagnie de son contremaître Jonnasson.

Si le propriétaire était un individu grand et hautain, Jonnasson le surpassait en taille et en poids. C'était un véritable colosse, qui comme son propriétaire était parfaitement armé. Une sorte de fusil de chasse à quatre canons luisant pendait à son épaule droite. Un pistolet plat de couleur argentée reposait dans un étui type sous l'aisselle.

Les mêmes armes étaient portées par M. Allton, qui se disputait avec un homme de taille normale, bien qu'il ait une étrange particularité : ses yeux. Des yeux profonds et incisifs qui ne semblaient pas comme ceux normaux des habitants de la White ReFoundation lorsqu'ils ont été observés.

« Je ne sais pas qui vous êtes », grogna Allton, « mais vous avez contourné toutes les interdictions d'entrer sur mes terres, et cela est sévèrement puni.

Celui aux yeux profonds souriait comme s'il venait d'entendre une bêtise sortir des lèvres d'un enfant.

"Vous êtes trop condescendant, M. Allton", a soutenu le contremaître. Dans votre domaine, vous êtes la loi. Donnez-moi un ordre et je punirai l'intrus.

" Pourquoi ne se calment-ils pas ? " Sourit l'étranger. " Je ne comprends pas les propriétés, et il y aurait beaucoup à discuter sur cette terre, mais je ne veux pas le faire et je partirai quand j'en aurai envie.

« Avez-vous entendu cela, M. Allton ? « Le contremaître est devenu impatient. Ci-dessus est insolent. Allton renifla.

« Qui es-tu ? Qui t'a envoyé ?

« Je n'ai pas à répondre à vos questions. Et laisse-moi tranquille" répondit l'autre.

"Je sais qui c'est. Ça doit être de cette secte qu'ils appellent... "Les Inspecteurs." Je pensais qu'ils les avaient déjà tous exterminés, mais je vois qu'ils restent encore. moi.

« Il dit juste des bêtises. Cette maudite planète sera toujours en couches tant que des gars comme vous existeront.

« Assez ! J'en ai déjà marre de t'entendre. Je vais l'arrêter et le livrer aux autorités pour qu'elles le fassent parler. Elles ont des moyens.

Et pendant qu'il le disait, Allton a sorti son pistolet, mais avant qu'il ne puisse l'utiliser, une arme étrange est apparue dans la main droite de l'homme aux yeux profonds.

Il sembla au contremaître que c'était comme un pistolet, malgré son extraordinaire petitesse.

Tout s'est passé si vite que le fermier ne pouvait pas se rendre compte de ce qui se passait, car il a reçu un choc silencieux. Un impact qui commença à brûler en lui.

Il savait qu'il était en train de mourir, mais il n'avait même pas le temps de crier.

Le contremaître resta bouche bée.

« M. Allton ! » crie.

L'arme de l'autre lui faisait face.

« Sortez, si vous ne voulez pas qu'il vous arrive la même chose ! Sortez j'ai dit !

Jonnasson était un homme courageux. Brave au-delà de la croyance, mais quelque chose a arrêté ses impulsions. Il avait lu la mort dans les yeux étranges de l'étranger, et il était paralysé, ressentant même un étrange sentiment d'impuissance, comme si pendant quelques petites fractions de temps ses membres s'étaient grippés.

Puis il eut l'idée que l'étranger était en train de disparaître. Il croyait même qu'il avait disparu, mais la vérité est qu'il aurait pu être camouflé parmi les hautes feuilles qui produisaient les graines nourries d'engrais synthétiques, avec lesquelles presque toute la nation pouvait s'approvisionner.

Il a commencé à bouger avec l'idée de poursuivre le meurtrier de son employeur.

Il marcha une cinquantaine de mètres dans ce labyrinthe de feuilles géantes.

Soudain, il entendit un étrange bourdonnement et leva instinctivement les yeux en l'air.

Parmi les roches denses s'élevait dans les airs, un artefact de forme ronde, légèrement conique au sommet.

La vision était fugace, très fugace, car le disque se perdait dans les hauteurs, disparaissant de sa vue, malgré le fait qu'aucun nuage ne brouillait le bleu du ciel.

Comme pétrifié, il resta immobile.

D'où cela venait-il ?

Il écoutait le silence. Un silence terrible qui marqua l'immense solitude de la plantation.

Il était convaincu que le meurtrier de son employeur n'était plus là, mais qu'il se trouvait à des centaines, des milliers de kilomètres.

Avant la tombée de la nuit et après avoir donné des nouvelles sur la radio portable que chaque citoyen de la White ReFoundation possédait pour son usage privé, les hélicoptères à réaction de la police étaient arrivés sur les lieux du crime.

Êtes-vous sûr de ce qu'il dit? Demanda l'inspecteur en chef de la section.

« Complètement, monsieur. Cet homme s'est échappé dans une voiture de course de celles que l'on ne voit que dans les histoires fantastiques. C'était là-bas, parmi les champs.

L'inspecteur en chef de la section a ordonné un raid. Une douzaine d'hommes ont inspecté minutieusement toute la zone, mais les résultats ont été négatifs.

« Vous êtes bouleversé, Jonnasson. Il n'y a pas la moindre trace qu'un appareil, de quelque type que ce soit, ait atterri sur le sol. Hormis les empreintes de pas, cela aurait détruit les feuilles. On trouverait des dizaines d'indices, et il n'y en a aucun.

«Je vous ai dit la vérité !

«Toute la vérité... Et je vous assure que je ne suis pas énervé.

« Eh bien, Jonnasson, vous devrez venir au quartier général pour signer votre déclaration.

L'enquête sur la scène du crime a été momentanément clôturée, bien que l'inspecteur en chef ait laissé certains hommes de garde comme une simple routine.

Le corps de l'ancien tout-puissant Allton a été transporté sur une civière et chargé dans un hélicoptère pour être transporté à l'hôpital.

« Allez-y », ordonna l'inspecteur en chef. Je resterai pour parler à la famille. Ce sera un coup dur pour la pauvre Gena.

* * *

L'homme aux yeux profonds observait à travers un écran la scène qui se déroulait dans la maison du fermier mort.

Il a vu une jeune fille, avec de grands et beaux yeux, comme après avoir reçu la nouvelle, elle s'est mise à pleurer. Ces yeux féminins, avec les larmes, semblaient encore plus beaux.

Le policier, dans l'uniforme noir classique jusqu'au cou, fermé par une fermeture éclair végétale et l'emblème du corps en forme d'aigle, dans un cercle, sur le côté droit, disait :

« Je sais que c'est une période douloureuse pour vous et que votre mère est très délicate, mais vous devez lui poser quelques questions concernant son contremaître.

Elle essaya de se ressaisir :

" Inspecteur Molter, ma mère n'a rien à savoir pour le moment. Comme vous l'avez dit, c'est très délicat. Petit à petit je vais essayer de te le dire. Maintenant, ce serait un coup trop dur.

"Je comprends bien.

Demande ce que tu veux, Molter.

« Gena... Il s'agit de Jonnasson. Il a raconté une histoire incroyable. J'aimerais savoir comment il s'entend avec son père.

"Eh bien... je ne sais pas, je n'étais pas très au courant, papa s'occupait seul de toutes ses affaires. Il parlait peu de ses collaborateurs. Tu te doutes qu'il a peut-être menti ?

« Il a menti, cela ne fait aucun doute. Le résultat de l'autopsie nous dira quel type d'arme a été utilisé pour tuer votre père.

« Pensez-vous qu'il... ? « Je ne sais pas, mademoiselle. La seule certitude dans cette affaire est qu'il n'y avait personne d'autre là-bas. Son père et Jonnasson étaient complètement seuls.

* * *

L'homme aux yeux profonds sourit :

« Quelles complications ces gens de ReFoundation recherchent !

Et il tourna les yeux vers son compagnon de vol, qui était assis à un poste de contrôle des plus basiques. Pour garder le vaisseau en vol, il n'a eu besoin d'aucune manipulation. Un écran indiquait les incidents du vol. Une visionneuse à longue distance a permis de voir le cosmos. Un compteur de vitesse laisse glisser les points rouges de façon monotone.

Le pilote se tourna vers son compagnon et s'exclama :

" Tu n'aurais pas dû le tuer, Hugo. Tu n'en avais pas besoin.

« Ce type m'a embêté. Il se croyait un troglodyte. Il pensait que c'était important, quand un souffle suffisait pour le faire tomber.

Mais tu l'as tué.

"Et cela?

« Cela va nous apporter des complications.

"Bah ! Ce ne sont que des vers... Tu ne vois pas qu'ils sont inutiles ?

« Ils vivent leur vie selon leurs coutumes. Ils ont des lois. Nous n'avons pas à nous gêner. C'est ainsi que pensent nos supérieurs. C'est la norme de notre cabine, nous n'intervenons pas dans les affaires des autres. Notre mission à travers le cosmos est d'enquêter, d'inspecter pour savoir tout ce qui se passe, de nous protéger à temps contre toute attaque qui pourrait être planifiée. Pour être à jour et aussi pour enrichir nos connaissances avec les expériences des autres.

« Nous sommes bien au-dessus d'eux !

« Vous pouvez même apprendre des plus insignifiants. Vous verrez combien votre action va nous coûter cher. Toi et moi », a déclaré le pilote.

Les prédictions du pilote se sont réalisées dès son arrivée.

CHAPITRE II

Pour les chefs de cette cabine, il n'était pas nécessaire de demander des rapports aux pilotes des vols pour connaître les résultats et les incidents de ceux-ci. Il suffisait de retirer la plaque d'enregistrement du cerveau central, qui enregistrait à tout moment et transmettait en même temps, au grand cerveau à la base.

Lorsque Hugo et le pilote sont descendus du navire, l'ordre du chef de la base a été brutal.

« Le tribunal est en session. Ils vous attendent. Ils ont fait une très grave erreur. Personnellement, je désapprouve la conduite des deux.

Il n'y a pas eu de commentaires, juste un échange de regards entre Hugo et le pilote.

Rien de ce qui était considéré comme important n'a jamais été retardé dans le cockpit et le cas du pilote et de son assistant était très important pour les dirigeants des destinations du pays.

Le tribunal était composé des six membres de la rigueur qui étaient présidés par la Cour suprême.

Il y avait une tribune publique pour que quiconque voulait vérifier la manière d'administrer la justice des hommes que les mêmes citoyens avaient choisis pour les postes puisse y assister.

Le premier à occuper la tribune des accusés fut Hugo.

« Député Hugo, vous avez violé l'une de nos lois primordiales... Vous avez tué un habitant d'une autre planète.

Hugo savait qu'il ne pouvait rien dire tant que l'accusateur n'avait pas fini de parler.

« Le secret de notre suprématie par rapport aux autres mondes habités, consiste précisément dans le respect que chaque être vivant, d'où qu'il vienne, doit nous mériter. Aucun être ne peut prendre la vie d'un autre être. C'est notre loi, à l'intérieur et à l'extérieur de nos limites. Le pouvoir ne s'obtient pas en tuant. Dans les cas extrêmes, nous avons d'autres moyens à la disposition de tous. Vous avez agi violemment et vous n'avez aucune excuse.

La présentation ne pouvait être plus courte et Hugo s'empressa de se défendre.

« Ces gens de ReFoundation sont des exploiteurs... Nous avons vu des millions d'êtres mourir parce qu'ils sont considérés comme inférieurs. La faute en revient à ceux qui se croient forts, ce qui ne veut pas dire qu'ils ont la moindre intelligence. Ils se croient privilégiés, mais la vérité est qu'ils ne valent absolument rien. Cela m'étant menacé, il a voulu m'éliminer. Je pensais que ça méritait une leçon.

L'accusateur reprit la parole.

« Votre faute est triplement grave. Premièrement, vous n'avez pas à vous soucier du mode de vie de ReFoundation autre qu'un simple plan d'étude ; vous êtes le juge d'un pays qui a ses propres lois. Deuxièmement, vous n'êtes pas celui qui donne des leçons. Si vous étiez en danger Vous pourriez utiliser d'autres moyens que vous connaissez parfaitement. Troisièmement, vous avez fait la même erreur que de critiquer les autres. Vous vous saviez supérieur et en avez abusé.

« Vous ne pouvez pas me condamner pour une affaire aussi simple !

« Oui, nous pouvons et nous devons. Des lois ont été créées pour tout le monde.

Il n'y avait plus rien à dire et c'était au tour du pilote.

L'accusateur reprit la parole :

« Pilote Andros, vous êtes responsable du vol. Vous auriez dû intervenir pour empêcher Hugo de consommer son action. Même si vous n'étiez pas directement responsable, votre statut de gestionnaire de vol vous rend coupable selon nos lois que vous avez librement acceptées.

« Je sais, monsieur. La vérité est que je ne pensais pas que Hugo avait tué ce malheureux. J'ai l'impression que mes services que j'ai toujours remplis avec fierté et satisfaction ont été ternis, mais je comprends que la loi doit être respectée.

« Sans nouvelles données à fournir sur le sujet, nous lirons la peine qui ne peut être qu'une pour les responsables de meurtre.

Il n'y avait pas de cérémonial, tout était simple, sans emphase.

Ni dans la galerie aucun de ceux qui étaient venus par curiosité n'a fait de commentaire. Ils savaient quelle serait la peine.

Le Président s'est joint, s'exprimant au nom de la cabine :

« Vous serez transporté sur la planète ReFoundation, pour vivre selon ses coutumes et ses lois.

" Non ! " hurla Hugo. " Si ces gens m'attrapent, ils me tortureront. Ils ont des lois barbares.

« Tu les as cassés, Hugo. Il est juste que vous les subissiez.

« Vous me condamnez à continuer à tuer ! Parce que je ne me laisserai pas attraper par ces vers vaniteux.

« Tu ne porteras pas d'armes, Hugo. Vous ne pourrez utiliser aucun de nos objets. Vous devrez user de votre ingéniosité. Ce que vous faites là-bas ne nous concerne plus.

Puis ce fut le tour d'Andros.

« Vous ne pourrez pas non plus prendre une arme ou tout autre objet qui vous est propre. Vous devrez respecter les lois de ReFoundation aussi longtemps que le tribunal le jugera équitable.

« Serai-je un jour sauvé ? demanda Andros.

« Le vôtre est une affaire disciplinaire, unique, puisque vous n'étiez pas directement impliqué dans le meurtre de ce fermier de ReFoundation. L'infraction elle-même est commise à partir du moment où l'un de vos hommes commet un crime et c'est ce que nous punissons ici, mais il n'y a pas de faute matérielle pour le fait et donc le tribunal débattra de votre cas dans les meilleurs délais.

Après une pause, le Suprême ajouta :

« Le transfert aura lieu immédiatement.

Le navire qui devait les ramener à ReFoundation était prêt.

Le pilote était une femme, Loria, et avec elle était un garde armé.

Loria n'était pas étrangère à Andros. Son visage avait froncé les sourcils, mais serein et conscient.

Il observa attentivement les deux hommes alors qu'ils étaient introduits dans le navire.

Puis la tête de la base appuya sur un bouton pour indiquer avec la lumière blanche d'une balise que le bolide pouvait décoller.

La marche s'est déroulée à la même vitesse que lorsque Andros et Hugo se sont échappés de la planète ReFoundation.

Contrôlant automatiquement le vaisseau, Loria se tourna vers les deux hommes qui étaient assis sur le banc circulaire, attaché à la barre de matériau mou, pour parer à tout décollage brusque inhabituel.

Les yeux de la femme s'étaient fixés sur ceux d'Andros.

"Je suis désolé... Je suis vraiment désolé pour tout ça et si cela dépend de moi je ferai en sorte que ton exil ne soit pas très long. Tu n'es pas coupable. Je le sais. Je connais bien tes sentiments.

« Il était responsable du vol. La peine est juste. Un pilote doit être responsable.

Hugo sourit cyniquement.

« Je dois ressembler à un monstre pour vous, n'est-ce pas, pilote Loria ? Pourquoi ne me laisses-tu pas errer dans l'espace ? Alors tu vas te débarrasser de moi. Après tout, je n'aurai pas un pire moment que sur cette planète de vers.

Elle le regarda en silence, mais ne lui répondit pas. Andros était intrépide, muet.

"Tout ira bien. Dans ReFoundation, il doit y avoir de bonnes personnes.

« Bien sûr, Loria.

« J'aimerais rester avec toi un moment. Sachez que vous vous êtes acclimaté.

N'y pense même pas. Vous avez un devoir à remplir.

« Je sais, mais ce n'est pas un crime d'exprimer ce que vous pensez. Je me fiche qu'ils sachent ce que je ressens.

Ils se regardèrent profondément. C'était une façon d'exprimer leurs sentiments mutuels, mais... Elle avait un devoir à remplir, et Andros accepta avec discipline le châtiment que le sien lui avait imposé.

Le seul qui fulminait sur tout cela était Hugo, qui avait rebranché l'écran et capturait déjà les images de la planète qui serait désormais sa nouvelle maison... pour la vie.

Qu'est-ce qui les attendait là-bas ?

CHAPITRE III

La voiture est arrivée alors que la nuit était déjà close.

L'appareil n'avait pas besoin d'atterrir au sol. Il lui suffisait de garder une certaine distance, et il pouvait se frotter contre l'herbe ou quoi que ce soit sans l'endommager du tout.

Les deux hommes descendirent dans un champ ouvert, près d'une grande ville.

« C'est la White ReFoundation. Je suis sûr ", marmonna Hugo.

Le pilote Loria hocha la tête :

"Selon nos données, c'est l'endroit le plus civilisé de cette planète", a commenté la femme.

« Eh bien, vous auriez pu choisir un autre site. J'espère qu'ils ne me reconnaissent pas "Hugo a craqué." Je n'ai jamais eu à fuir personne. Et c'est une terre étrangère, de coutumes primitives.

Elle n'écoutait pas Hugo, ses yeux étaient fixés sur le pilote Andros, à qui elle faisait ses adieux en pensée.

Il la regardait, lui souhaitant également un bon retour dans la cabine qu'elle ne reverrait peut-être plus jamais.

La voiture se leva, ne produisant que ce bourdonnement uniquement audible dans le silence.

Elle a disparu en hauteur, pour briller fugitivement comme une autre étoile, comme l'un des mondes, habités ou non, qui a transmis sa lumière à ReFoundation.

Une nouvelle vie commençait pour ce couple d'êtres qui ne possédaient qu'une intelligence différente de celle des personnes avec lesquelles ils allaient vivre.

Mais s'acclimateraient-ils ?

Ils avaient des données et cela leur donnait un certain avantage, mais il leur faudrait prouver leur valeur dans la pratique.

Qu'ils pensaient tous les deux différemment fut démontré par le premier commentaire d'Hugo.

« Si nous avions une arme, je me sentirais plus en sécurité. Même si c'était l'un des pots qu'ils utilisent ici.

« Pourquoi veux-tu une arme, Hugo ?

« Comment comptez-vous survivre ici ?

« Nous savons que les gens travaillent. Grâce à un effort personnel, on reçoit une allocation qui lui permet de vivre.

« De travailler pour des gens que je ne voudrais même pas comme esclaves ? Penser que la matière te fait défaut, Andros...

« Eh bien... comment comptez-vous vous acclimater ?

"Ecoute, je connais les mêmes données que toi sur la planète, non ? Ben... Il y a des gens qui ne veulent pas travailler pour les autres non plus. Et qu'est-ce qu'ils font ? Ils vont armés et prennent ce qu'ils veulent, de force ... Ici, ils ont ce qu'ils appellent de l'argent et avec de l'argent, ils peuvent bien vivre ... Eh bien, c'est ce que je veux, avoir ces papiers qui sont si précieux pour les très imbéciles, et passer le meilleur temps possible pendant que vous' re ici.

« Tu commences mal.

« Je n'ai pas choisi de venir ici, Andros.

«Moins je l'ai choisi.

«Je lis vos trucs de réflexion. Et ne commence pas à m'accuser. Ce type allait me tuer, n'est-ce pas ? Je n'ai pas essayé les armes de cette planète, mais je ne pouvais pas m'y risquer.

« Vous savez que ce n'est pas une excuse. Vous auriez pu le paralyser.

"Bah !

« Vous vouliez montrer votre supériorité.

« Si nous commençons comme ça...

“ Non, n'ayez crainte. Je ne vous reparlerai plus de cette affaire. Et si vous préférez, passez votre chemin. Je vais chercher le mien.

"Attendez une minute. J'ai un projet, j'ai peut-être besoin de vous.

« Si ce projet est de reprendre ce qui ne vous appartient pas, ne comptez pas sur moi.

« Nous ferons mieux tous les deux, Andros. Crois-moi. Nous sommes plus intelligents qu'eux. Ils sont juste attardés. Nous savons déjà comment ils vivent et comment ils pensent... Même au début de notre maison, nous n'étions pas comme ça. Nous savons à quoi ressemblent vos machines volantes. C'est le plus basique. Ils font même des incursions dans le cosmos et prennent un centième du trajet de plus que nous pour aller et revenir de notre cabine. Ils sont en retard et nous pouvons devenir des maîtres.

« Ce ne sera pas à cause de la violence.

« Tu es trop têtu ! Mais je te préviens une chose. Si je pars seul, ne vous attendez pas à ce que je vous donne un coup de main quand ils essaient de vous submerger. Et en plus... Je ne vais pas rester ici. Avec des moyens je construirai quelque chose... ou je le ferai construire. Je vais voir ce que je trouve ici et quels éléments ils ont. Je suis sûr que même si son matériau est rugueux, vous pouvez obtenir un alliage modérément acceptable pour aller n'importe où, autre que celui-ci.

« Si tu pars, Hugo, je ne peux que te souhaiter bonne chance. Et si vous voulez entendre des conseils...

« Je me fiche de tes putains de conseils, Andros ! Je ne t'ai pas demandé.

Hugo se retourna et s'éloigna, ravalant sa fureur

Andros était pensif dans le noir.

On devinait là au loin quelques lumières d'une ville qui bouillonnait encore la nuit avec la frénésie des gens qui étaient sortis pour s'amuser.

Ce n'était pas difficile pour Andros de s'y rendre, bien que d'autres aient eu besoin d'artefacts étranges qu'ils appelaient des automobiles. C'étaient des véhicules à traction électrique avec une ligne aérodynamique, qui atteignaient des vitesses très estimables, mais qui ne pouvaient que faire sourire n'importe quelle entité de la cabine d'Andros.

Au rez-de-chaussée de certains immeubles, il y avait de véritables cataractes de lumière.

Des torrents de splendeur annonçaient des spectacles. Restaurants où étaient servis des dîners succulents et chers.

D'autres ont été annoncés comme des paradis de fortune.

Andros se mêla à la foule et regarda l'argent courir entre les tables et disparaître dans les tiroirs des employés qui manipulaient d'étranges roues électroniques.

Une table numérotée avec des chiffres lumineux qui s'allumaient et s'éteignaient, jusqu'à ce que la lumière soit fixée sur l'un des numéros qui était celui qui avait gagné.

D'autres machines avaient un écran qui affichait des bons équivalents à de l'argent. Le joueur qui avait déjà payé pour en manipuler un devait appuyer sur une série de boutons pour obtenir le bon choisi, qui était toujours le plus cher ; mais une petite erreur équivalait à perdre la partie et le pari,

Ensuite, il y avait les bars automatiques, où des jetons équivalents à de l'argent étaient utilisés pour verser la boisson souhaitée à certains robinets.

C'était une orgie de gens bruyants portant les vêtements les plus divers.

Andros sentit que l'atmosphère raréfiée le dérangeait et sortit dans la rue.

Les gratte-ciel imposants laissent à peine circuler l'air chauffé par tant de lumière.

Les véhicules à moteur ont continué à rouler à grande vitesse.

Un bruit sourd suivi de plusieurs cris indiqua qu'il s'était passé quelque chose à un carrefour.

Andros s'y est rendu et a pu voir un homme se faire sortir de sous les roues d'une de ces voitures.

« Un scandale ! s'exclamèrent plusieurs voix.

Les gens se disputaient tandis qu'une sirène annonçait l'arrivée d'un véhicule qui arrivait dans les airs. Le blessé a été emmené sur une civière. Andros était au premier rang, tandis que des policiers forçaient les gens à partir.

"Allez, allez. Il n'y a rien à voir ici.

Où emmènent-ils cet homme ? Andros a demandé à l'un des gardes.

« Quelle grâce ! Ce ne sera pas pour une fête, dis-je », fut la réponse fade de l'autorité.

Andros se tourna vers une jeune femme :

« Où le prennent-ils ? s'enquit-il.

« Dans un hôpital.

« Oui, oui... Mais je veux savoir... où. C'est pour... découvrir ce qu'ils lui font.

"Ils vont essayer de le guérir" répondit la jeune fille, surprise et même amusée par la question d'Andros.

Une autre femme allait monter dans l'hélicoptère. Je pleurais et criais :

« Je veux aller avec lui ! Il est mon mari.

"Nerd. C'est seulement pour le personnel médical. Vous pouvez y aller par des moyens normaux ...

L'hélicoptère a disparu dans les airs et les gens ont défilé dans toutes les directions.

La femme qui pleurait était pratiquement seule, comme si personne ne se souciait de sa douleur.

« Les gardes, la circulation rétablie, avaient disparu. Ce qui s'était passé semblait ordinairement sans importance.

Andros s'approcha de la femme.

« Je peux l'aider ?

Elle le regarda presque étrangement.

« On peut aller à l'hôpital, hein ? Je n'ai pas de véhicule. Est loin?

« Aidez-moi à conduire. C'est assez loin, oui, et je... je sens que ma force me manque.

Cette femme était au bord de l'évanouissement. Andros la prit dans ses bras et la conduisit à l'un des véhicules.

Il la souleva et s'assit sur le siège devant les commandes pour la conduire.

Il n'a pas demandé comment ça s'était passé. Cela lui parut assez élémentaire et il commença.

Il n'a pas non plus demandé où se trouvait l'hôpital. Il descendit tout droit une longue rue qui semblait interminable.

La femme s'est progressivement calmée.

CHAPITRE IV

La victime subissait une opération compliquée avec des éléments électroniques.

La précision absolue des équipements automatiques aurait fait l'envie d'autres pays moins développés que la White ReFoundation, mais pour le pilote ils n'étaient que des objets de curiosité.

Elle s'approcha du quai sans oser regarder. Andros était seul.

« Personne ici ne veut me dire comment ça se passe... Vous comprenez quelque chose, monsieur ?

"Eh bien... Il me semble que les procédures qu'ils utilisent n'ont pas beaucoup de succès.

"Ça dit quoi ?

"Eh bien... je le ferais différemment.

"Il est médecin?

"Docteur ? Ah ! Eh bien... D'une certaine manière... Ce que je voulais vous dire, c'est que votre mari n'est pas sérieux, mais je ne sais pas, comme ils le font...

« C'est le meilleur hôpital de ReFoundation. Le plus connu. Des gens d'autres pays viennent. Nous avons les meilleurs chirurgiens et ils utilisent les meilleures méthodes.

Andros aurait pu répondre que tout ce qui se faisait là-bas était dans son habitat depuis des milliers et des milliers d'années comme une chose démodée, mais il a renoncé à le faire. Elle ne l'aurait pas compris.

"Eh bien, calme-toi. Si tu es confiant, tout ira bien.

L'opération était terminée et les propos du chirurgien en chef n'étaient pas vraiment très encourageants.

" Êtes-vous sa femme ? " Demanda-t-il et jeta un coup d'œil à Andros, mais continua à s'adresser à elle. " Eh bien, je ne peux pas vous donner de grands espoirs. La blessure est pénétrante et il y a un risque de complications.

"Ecoute," intervint Andros, se tournant vers le docteur.

Le chirurgien tourna son regard pour le scruter. Ce n'était pas le vêtement qui pouvait le surprendre le plus, puisque les mille et une manières de s'habiller des habitants de cette ville le mettaient à l'abri de tout soupçon avant l'origine du tissu qui recouvrait son corps. C'était peut-être la façon de voir d'Andros, ou simplement que le docteur ne l'avait pas aimée.

« Faites-vous partie de la famille ? s'enquit-il.

"Eh bien, la famille ? Non, non... Mais la dame était seule... Bon, j'ai vu comment tu es intervenu et je pense que tu as fait une petite erreur.

Maintenant, le regard du chirurgien se durcit pour rencontrer les yeux d'Andros. Puis il sourit d'un air supérieur.

Êtes-vous un collègue?

" Collègue ? Nerd...

« Il me semblait qu'il voulait me donner une leçon. Est-ce que tu sais qui je suis?

"Non, non monsieur" répondit humblement le pilote.

Eh bien, je suis le professeur Kannen, et je vous préviens que j'ai trop de travail à perdre en argumentant des bêtises. Désolé madame je ne trompe personne, je vous ai déjà dit que votre mari est vraiment sérieux. Vous ne pouvez pas être dupe si les choses empirent.

Le docteur s'éloigna droit, mais pas avant d'avoir jeté un dernier regard à Andros, un regard plein d'arrogance et de mépris.

Andros a exprimé une pensée :

"Si j'avais les moyens normaux... Mais voilà

La femme était trop abasourdie pour comprendre les paroles du pilote.

Andros réfléchit à la phrase :

"Vous devrez utiliser les moyens normaux dans votre nouvelle cabine."

Mais il savait que dans son lieu d'origine cette blessure, grave dans ReFoundation, aurait été hors de propos.

Ils avaient appris, et pas précisément à ce moment-là, que la structure des êtres de la ReFondation était assez similaire à la leur. Chair, sang, os, vaisseaux, artères, membres vitaux, cœur et cerveau, tout fonctionnait comme chez les créatures de sa planète. Cependant, les moyens de guérison étaient différents.

Andros a compris que cet homme allait mourir. Il l'observait en silence lorsque la chambre fut transférée, il était prostré, immobile, sans connaissance, qu'il ne retrouverait peut-être jamais.

La femme de la victime est restée à la tête du lit, pleurant silencieusement.

C'était un nouveau drame pour Andros, même s'ils avaient aussi une capacité de douleur dans leur cabine, c'était pour des raisons différentes. C'était trivial, quelque chose qu'il aurait pu régler.

"S'il vous plaît..." il brisa le silence.

La femme tourna les yeux vers l'inconnu.

« Y a-t-il un endroit où je peux trouver un... un kit de batterie électronique ? Tu vois ce que je veux dire ?

Sa langue était commune, car lui, comme toutes les siennes, connaissait et pouvait parfaitement parler toutes les langues du Cosmos, mais il ignorait les noms techniques de certaines choses.

"Une pile ?

« Oui. Je ne parle pas de ceux qu'ils utilisent pour leurs voitures. Il doit y avoir un circuit électrique. L'AB spécial. Je sais que vous l'utilisez.

« Je ne sais pas... Peut-être à l'usine de mon mari. Il est ingénieur.

« Bien. Alors si vous pouvez demander à être transféré à votre... mari.

Le transférer dans cet état ?

« La mort peut le rattraper et alors nous n'aurions pas beaucoup de temps... Une fois le cœur-moteur paralysé, il faut agir très vite. Dans votre système... Je veux dire le système ReFoundation, le cerveau est toujours une partie vitale et il serait difficile de le faire revivre.

Logiquement, la femme ne comprenait absolument rien, mais il y avait quelque chose de spécial dans le regard de cet homme, une expression indescriptible qui la forçait presque à faire confiance.

Elle se sentit attirée par ses paroles, porteuses de foi, d'espérance.

« Voulez-vous dire que... va mourir ?

Andros s'est approché du patient, a regardé son apparence, puis a touché ses mains et a ajouté :

"Vite. Prévenir un sanitaire.

La femme appuya sur la sonnette. J'étais visiblement alarmé.

Un ambulancier est apparu.

L'homme ne dit rien. Il a juste jeté un coup d'œil de routine à la victime. Puis il s'est approché du dispositif informatique de données. Il appuya sur des boutons et connecta un fil à des broches qui émergeaient d'entre les bandages du patient.

Il fit quelques manipulations qu'Andros observa avec peu d'intérêt, probablement parce qu'il les considérait comme purement élémentaires.

L'appareil, qui disposait de plusieurs écrans, enregistrait les différents « électros » ; cardiogramme, encéphalogramme, circulatoire...

Le tableau clinique, vu à travers les écrans, donnait une idée claire et exacte de l'état physique du patient.

L'état était pitoyable.

Un point rouge indiquait la présence du coma.

« Comment ça va ? demanda la femme d'une petite voix.

"Je suis désolé" vient de répondre les toilettes, jetant un dernier coup d'œil aux écrans. Andros est intervenu.

« Puis-je avoir une batterie ici ? Une batterie AB...

« Nous avons des batteries dans la salle d'opération. Ils sont destinés aux interventions automatisées.

« Alors... Nous pourrions transférer cet homme à la salle d'opération.

Le médecin regarda attentivement Andros comme s'il était un monstre.

"Qui es-tu?

"Un... ami de..." et a pointé du doigt la victime et sa femme.

"Il est médecin?

« Pas ce que vous entendez par docteur. Je ne suis pas titulaire d'un doctorat et je ne peux pas non plus exercer ici.

« Heh » vient de répondre les toilettes, mettant fin à son séjour dans la chambre.

La femme du patient est intervenue.

"S'il vous plaît... Cet homme pense qu'il peut sauver mon mari.

"Cet homme n'est pas un médecin... Les pratiques de guérison sont des choses qui ont été perdues dans la nuit des siècles. C'est le premier centre chirurgical de ReFoundation.

"White ReFoundation" rectifia Andros.

« Qu'est-ce que ça veut dire ? Que les noirs ou les jaunes aient de meilleurs centres ? D'où venez-vous ? Est-il de la secte des libérateurs ?

Avec un geste d'agacement, l'ambulancier les a quittés. Hautain et droit, il disparut dans le couloir.

L'existence de sentiments humains dans ReFoundation était discutable, du moins dans le premier centre chirurgical. C'est ainsi qu'Andros a dû l'admettre lorsque la note lumineuse est apparue sur l'écran des rapports et des avertissements dans la pièce où gisait le patient :

« Patient 1 025 dans le coma. Services funéraires préparés. Videz la pièce.

Et le patient était toujours en vie ! Il respirait encore ! Mais tout était prévu pour le sortir de là dès qu'il cesserait de respirer. C'était la loi du dynamisme. Tout résolu. Les morts étaient un obstacle et ne devaient pas prendre la place des vivants, pas une seconde de plus que nécessaire.

Le professeur Kannen fit irruption dans la pièce.

« Avez-vous demandé à l'agent de santé d'emmener 1 025 au bloc opératoire ?

"Oui. Je l'ai été.

` ` Comment oses-tu...?

"Oublie ça," répondit humblement Andros.

« Tu m'as déjà fait un indice avant que je n'aimais pas.

« Je t'ai demandé de l'oublier. La seule chose que nous demandons maintenant, c'est d'emmener le blessé avec nous.

"Bien sûr. Il ne rentrera pas à la maison, il repartira d'ici avec l'étiquette correspondante. Le centre chirurgical n'admet pas de responsabilités.

Puis Kannen se retourna vers Andros.

"Je ne t'aime pas. Je n'aime pas leur ton. Il vaut mieux qu'il n'apparaisse plus au centre. Andros n'a pas répondu.

Kannen regarda la femme et murmura :

"Désolé. C'est la loi de la vie.

C'était une façon grossière et grotesque d'offrir ses condoléances.

Kannen a disparu.

L'ambulance fut bientôt prête. Ce n'était pas non plus un hélicoptère-ambulance. Le patient était déjà considéré comme mort. Il n'y avait aucune urgence.

Avec le guide de circulation, ou tag, comme ils l'appelaient, elle a quitté le centre comme un cadavre, mais elle respirait toujours

« Allons directement à l'usine de votre mari. Pensez-vous qu'il y aura quelqu'un? demanda Andros.

"Je ne pense pas pour le moment," répondit-elle, mais elle n'osa pas demander ce que faisait Andros. Après tout, elle savait que son mari était officiellement mort. Il acceptait n'importe quoi tant que ça revenait à la vie...

CHAPITRE V

Andros avait laissé le corps de la victime allongé sur une table en métal dans le laboratoire de l'usine, puis avait cherché la batterie dont il avait besoin.

Pour ce faire, il a dû procéder au démontage de certains des artefacts dans la salle de contrôle, tandis que la femme de l'homme blessé restait immobile, inconsciente des manipulations d'Andros.

Finalement, quand tout fut résolu, Andros demanda à la femme de le laisser tranquille.

« Que vas-tu lui faire ?

« C'est une pratique étrange pour vous.

Et vas-tu sauver mon mari ?

"J'espère.

Rapidement, Andros a commencé à ranger quelques tiges qu'il avait également acquises, ainsi que quelques poinçons qu'il a procédé à la stérilisation à l'aide de la chambre spéciale du laboratoire.

La femme était toujours là. Maintenant, il remarquait la manière de bouger d'Andros, l'agilité de ses mains, la concentration de l'étranger sur la tâche qu'il s'apprêtait à accomplir.

Il a utilisé un compteur portable et a appliqué l'une des tiges sur les fils sortant des bandages.

L'aiguille du compteur a commencé à bouger très faiblement.

« Le cœur ? s'enquit-elle.

"Oui. C'est... de l'électro rudimentaire, ça peut se faire comme ça aussi,

Elle ne comprenait pas les nouveaux développements, mais il lui semblait que ce que faisait Andros était complètement hors de l'ordinaire.

Soudain, l'aiguille s'est arrêtée de bouger.

« Sandor ! s'exclama-t-elle.

"Ce?

"Mon mari...

« Est-ce qu'il s'appelle Sandor ?

« Oui... Son cœur... L'aiguille s'est arrêtée de bouger.

"Oui. Son cœur s'est arrêté. Je dois me dépêcher

"Est mort!

"Ne le fais pas. Ce n'est pas encore le cas.

"Mais toi...

« S'il vous plaît, Mme Sandor. Laissez moi maintenant. Laissez-moi

Il l'escorta, la poussant doucement vers la porte.

Attends ici. Ce ne sera pas long.

Elle avait été abasourdie, surtout à partir du moment où le cœur de son mari s'était arrêté. Elle était sûre de sa mort, qui avait déjà été confirmée à l'hôpital.

Andros revint rapidement vers le patient et commença à retirer le pansement qui couvrait son corps de la poitrine au ventre.

Lorsque la blessure légèrement saignante était encore exposée, Andros a commencé à manipuler.

Il a d'abord retiré la suture, puis à l'aide des poinçons, il l'a rouverte.

Il a utilisé les câbles connectés à la victime avec la batterie qu'il avait commodément manipulée pour faire quelques corrections.

Le compteur était également connecté à la même batterie, produisant systématiquement un changement de courant.

Il a attaché deux câbles et une étincelle s'est produite à leur contact, puis a rapproché l'étincelle de la plaie.

Son travail consistait en une sorte de massage électronique sur certaines lunettes.

Le sang du patient a commencé à couler plus rapidement.

A partir de ce moment, sans débrancher les câbles, il les laissa sur la plaie et en connecta d'autres déjà préparés, au niveau du cœur-moteur.

L'oscillographe de la batterie a commencé à se déplacer d'un côté à l'autre à un rythme toujours croissant, annonçant la tension maximale.

Andros a manipulé pour faire quelques rectifications jusqu'à ce que la batterie retrouve son rythme normal.

Le compteur a commencé à fonctionner.

Les battements résonnaient à travers les tambours avec le cognement profond caractéristique.

Le cœur de Sandor fonctionnait à nouveau !

Andros revint au massage des lunettes au moyen d'une étincelle qui détacha l'union des deux câbles.

Il sourit légèrement alors que son mécanisme improvisé avait répondu.

Il a couru pour un alternateur actuel et a de nouveau joué avec la batterie.

Son travail n'a pas pris longtemps, et lorsque la femme de Sandor est entrée parce qu'elle ne pouvait plus attendre, malgré le fait que l'opération d'Andros avait pris un dixième du temps employé au centre chirurgical, il ne pouvait que voir comment le médecin improvisé terminé la nouvelle suture, par une procédure très différente de celle habituelle.

Le poinçon servait de fer à souder et la peau était attachée comme du métal.

Il s'approcha tandis qu'Andros procédait à un léger pansement.

De ses yeux, il lança une question qui n'avait pas besoin de réponse, car il voyait parfaitement comment le compteur marquait les battements du cœur.

" C'est vivant ! s'exclama-t-il enfin, incapable de se contenir

"Et j'espère que c'est pour longtemps", la rassura Andros.

J'aurais pu lui poser d'innombrables questions, mais la femme ne savait même pas par où commencer. Il considérait Andros comme un être exceptionnel, capable de ressusciter même les morts.

Il sembla la comprendre et commenta :

"Ne le fais pas. Ce n'est pas ce que tu penses.

« Vous avez ramené mon mari à la vie.

"La vie ne peut pas être rendue. Ce qui se passe, c'est que parfois la mort n'est qu'apparente. Quand la science doit travailler avec des limites, il faut accepter des choses qui ne sont, en raison des effets de cette même limitation, définitif, n'est pas nécessairement l'absolu définitif.

« Qui êtes-vous... monsieur ? " S'enquit la femme admirée, fascinée par cet homme simple, qu'elle tenta de comprendre sans y parvenir.

"Je m'appelle Andros...

Andros.

« C'est un nom comme un autre.

«Pour moi, ce sera un nom inoubliable.

Il a commencé à arranger les choses pour les laisser comme il les a trouvées.

"Andros..." répéta-t-elle.

« Quand son mari se réveillera, ils pourront rentrer à la maison.

« Mon mari... pourra-t-il rentrer à la maison... maintenant ?

"J'espère qu'il ne mettra pas longtemps à se réveiller", a-t-il poursuivi, voué à la tâche de remettre les choses en place.

Mais c'est impossible.

"Nerd. Je vous assure que non, Mme Sandor. Nous revenons à avant. Impossible n'est que ce que nous croyons impossible à faire, mais l'absolu impossible n'existe pas. Si quelqu'un leur avait appris à utiliser tous les sens et à matière cérébrale au maximum absolu, ils comprendraient qu'il y a beaucoup de choses que nous considérons comme impossibles et qu'elles ne sont que purement élémentaires.

Non. Elle ne comprenait pas ses paroles, mais son admiration pour Andros grandissait de minute en minute ; votre admiration et votre confiance. Cette confiance qui irradiait de tout son être, malgré son apparente simplicité.

Il vient de faire un prodige sans s'en vanter. Il l'avait fait de la manière la plus simple. MaisEst-ce que tuComment?

La femme ne pouvait pas continuer à y penser car la voix adorable du mari l'interrompit.

« Ada !

«

Il se leva de table.

« Comment avez-vous fait pour m'amener à l'usine ? Nous avons eu un accident. Je me souviens parfaitement. Je pense avoir été lucide jusqu'au dernier moment.

Puis Andros est apparu.

"Qui est-ce?

« Il s'appelle Andros. Il vous a guéri.

« Ada ! Vous essayez de vous moquer de moi ?

" L'histoire n'est pas très longue, mon cher. Je vous en parlerai en rentrant à la maison...

« Alors ce qui m'est arrivé n'était pas sérieux ?

" C'était sérieux, Sandor. Très grave, tu étais mort" murmura-t-elle,

Sandor éclata de rire.

"Ada ! Tu délires.,. Que s'est-il passé ?

Le sérieux de sa femme et le visage calme et serein d'Andros l'ont amené à penser que quelque chose d'étrange venait de se passer. Quelque chose dont il avait été le principal protagoniste.

CHAPITRE VI

Andros avait été accueilli dans la maison du couple Sandor-Ada.

Le jour avait succédé à la nuit, et aucune des personnes rassemblées n'avait envie de se reposer.

Ils ont parlé longtemps. Sandor connaissait déjà la vérité sur ce qui s'était passé et les questions étaient devenues inévitables. Andros était concis.

« Mon devoir maintenant est de vivre ici. Peu importe qui c'est ou d'où il vient. Je me conformerai aux coutumes de ReFoundation et accepterai leur hospitalité.

Sandor comprit que pour le moment il n'en tirerait pas grand-chose et qu'il n'était pas commode d'atomiser son invité et sauveur de questions et encore de questions.

Étant donné qu'Andros avait dit qu'il devrait rester avec ReFoundation, il n'y avait qu'un seul moyen de le rembourser pour sa part, ce qui pourrait être un gain qui rapporterait des dividendes.

" Quant au travail, ne t'inquiète pas, Andros. Je vais vous placer dans mon usine. Je suis le réalisateur. C'est un partenariat important. Ne pensez pas qu'un réalisateur est une grosse affaire. Nous sommes assez nombreux. Je m'occupe des questions de liaison avec le laboratoire, même si mon truc c'est vraiment l'électronique. Désormais, tout se fait par ordinateur. Des cerveaux partiels gouvernent les machines, l'homme n'a qu'à collecter les données. Nous ne pouvons même pas corriger ce que nous avons inventé. C'est à ça que servent les cerveaux. Je me demande si un jour, quand les cerveaux échoueront, nous ne sombrerons pas tous. Tout est régi par eux. Ils sont devenus nos vrais patrons.

« Je pense que je vous comprends. C'est le mal des civilisations sous-développées », sourit Andros.

« Sous-développé ?

« Je n'ai pas eu l'intention de t'offenser.

"Nerd. Au fond de moi, je pense la même chose. Même nos guerres sont menées grâce à l'informatique.

« Et ainsi, White ReFoundation en est venu à dominer la planète.

"En effet. Nous sommes les meilleurs. Nous buvons des boissons détoxifiantes, ce qui crée à son tour l'habitude de continuer à en boire. Ils les appellent drogues bénignes.

"Vous fatiguez M. Andros" intervint la femme.

"Pas du tout. Bien que je connaissais déjà beaucoup de ces choses auparavant, j'aime les entendre de la bouche de ceux qui les vivent. Je devrai moi aussi m'acclimater à tout cela.

Le nouveau jour avait commencé et Sandor devait retourner à l'usine. Cela l'a étonné qu'il allait bien malgré l'accident de la veille.

Sandor voulait l'accompagner et ils sont tous les deux partis avec la voiture du propriétaire.

En cours de route, Sandor a expliqué que l'une des bonnes choses dont ils pouvaient se vanter était l'invention de cette voiture qui ne produisait pas les fumées gênantes d'autrefois.

"Oui. Leur civilisation était sur le point de périr. Je sais" dit l'étranger. En ce sens, ils ont parcouru un long chemin.

"Vous... Ahem... Eh bien, je veux dire si vous connaissez d'autres moyens plus modernes de vous déplacer," sonda Sandor.

"En fait, il y a d'autres moyens, mais ils sont différents...

"Lequel?

"Communication directe.

"Communication directe?

« Sandor n'a pas très bien compris, mais ils étaient déjà arrivés à l'usine et c'est là que les problèmes ont commencé. Pour Sandor, les choses avaient été compliquées par une arme à la limite du grotesque. La première chose qu'il fit fut de faire face au grand panneau, où en appuyant sur un bouton son nom apparaissait dans une boîte lumineuse pour attester qu'il était arrivé à l'usine.

Mais en appuyant sur le bouton, l'indication de :

DÉCÉDÉ

« C'était qui le drôle... ? » ça a commencé. C'est de ça qu'on parlait hier soir, Andros. Tu te rends compte du genre de pannes qui peuvent arriver ?

"Peut-être pas un échec" marmonna l'homme d'une autre planète.

"Hé ? Bien sûr ! Au centre chirurgical... Cela ne peut être que de leur faute. J'en parlerai à l'exécutif. Viens, viens avec moi.

Si Andros avait eu une quelconque capacité de surprise, il aurait été étonné d'entendre les commentaires de l'exécutif, qui assis devant un immense cerveau déclarait : « Officiellement, vous n'existez pas. Votre place est déjà prise. Je ne peux pas être tenu responsable des erreurs.

Mais c'est absurde. A quoi bon tes yeux ? Vous ne me voyez pas ?

« L'ordre a quitté l'hôpital et a été relayé par les cerveaux de liaison. Voici la carte "-et le cadre a lu une carte sur l'une des machines.

« La commande est à partir de la première période de minuit. Transmis à l'usine selon votre numéro de dossier 1 025. Vous connaissez déjà le système. Parallèlement, le processus a été transmis au requérant de garde à son domicile. Il est 1137.

"Je te l'ai dit, Andros. Tout automatique. Ils n'admettent pas l'erreur.

"Il ne faut pas désespérer, Sandor... Va à l'hôpital et laisse-les témoigner, puisque l'erreur est partie de là.

« Bien sûr que j'irai.

« Dans tous les cas, vous devrez écrire votre nom pour garder votre tour.

« Est-ce que cela signifie que je suis viré ?

« Je ne peux pas changer le traitement des données, savez-vous ce que cela représenterait ?

" Bon sang ! C'est un simple changement.

“ Ce n'est pas si facile, Sandor. Et vous devriez savoir. Vous avez été directeur de cette usine.

« Non, c'est facile parce que nous avons compliqué nos vies, mais cela peut être résolu. Il doit être résolu.

« Je ne vois pas comment. La rectification ne servira qu'à faire passer votre nom à la liste des disponibles.

Andros a demandé :

« Votre système est-il l'« Aperturex » ?

"Oui, bien sûr", a répondu l'exécutif surpris, puis a ajouté "C'est le plus complet.

"C'est le plus compliqué" sourit Andros.

Salut, qui es-tu?

"Quelqu'un qui en sait plus que nous tous réunis", cracha Sandor.

"Tu es nerveux. Tu dois prendre une vitamine. Dans ton état tu ne peux discuter avec personne. Pensez aussi que vous êtes officiellement un homme décédé. Vous êtes rayé de toutes les listes. Allez, dépêchez-vous si vous ne voulez pas perdre tous vos droits.

« Oui, en plus de cela... je ne peux qu'espérer être réintégré et je dois encore remercier. Putain de système ! Et tout ça pour une question de prestige !

« Attention, Sandor ! "L'exécutif a prévenu." Parler comme ça est dangereux, on peut être vu comme un « libérateur ».

"Je dis la vérité.,. Une erreur n'est pas acceptée pour une question de prestige, car si mon erreur était programmée dans l'ordinateur général il y aurait une sorte de révolution des données et il faudrait beaucoup de temps pour revenir à un fonctionnement normal . .. si cela peut être appelé normal.

« Assez, Sandor !

« Non, ce n'est pas suffisant, car ce n'est pas tout... Il faudrait admettre l'erreur, ce qui signifierait le discrédit général du pays et de son système. Les grands de la White ReFoundation happés par leurs propres inventions...

" Sandor, je t'ordonne... !

"Vous ne pouvez pas ordonner les morts, Exécutif 1001", se rappela Sandor d'une voix forte.

Andros resta silencieux, attentif à la scène, et Sandor ajouta, hors de lui :

« Sais-tu ce qui se passerait en plus, Andros ? Eh bien, une erreur ferait un autre saut... et que se passerait-il s'il s'avérait que nos guerres contre les pauvres sous-développés qui ont si magnifiquement programmé nos ordinateurs ont également été une erreur ?

« C'est déjà trop. Je vais appeler les agents pour vous enfermer.

« Ils ne peuvent pas enfermer un mort ! "Et Sandor s'est retourné pour quitter la chambre de l'exécutif" Allez, Andros ! Vous allez apprendre beaucoup dans notre White ReFoundation surdéveloppée.

Puis dans la voiture, l'homme d'une autre planète murmura :

« Vous avez raison, mais ils ne vous le donneront pas. Je suis sûr. Ce que vous avez dit est vrai. Avec le système "Aperturex", admettre une erreur, c'est faire fonctionner l'ordinateur pour libérer toutes les données jusqu'à ce qu'il soit vide... Autrement dit, "le retourner à l'envers".

—Exactement. Je vois que tu sais tout.

"Ce système n'est pas mauvais, mais comme vous l'avez dit, il jetterait d'autres erreurs et exposerait de nombreux défauts, et aucune société ne veut les admettre, il le considère comme des choses du passé, comme si le passé était quelque chose d'abstrait et d'intangible, quand en réalité, il est présent et futur à la fois.

Sandor se tut et laissa son déjà ami continuer à dire : « Vous aviez également raison de déclarer que votre guerre était une autre erreur informatique... Ils auraient à répondre de millions de morts. Il y eut un silence que l'homme d'une autre planète brisa à nouveau pour conclure :

"Faites attention. Sandor. Vous êtes dans une situation dangereuse. Chez ReFoundation, même si pour beaucoup c'est un havre de liberté, dire la vérité est extrêmement dangereux. Vous êtes sur un faux terrain :

celui qui veut détruire le système périra le premier. Souvenez-vous C'est votre principe.

« Comme nous sommes en retard, Andros, comme nous sommes en retard ! L'homme officiellement mort a admis.

CHAPITRE VII

Ils étaient tous les deux dans le bureau du professeur Kannen.

« Encore toi ? », a claqué le chef et premier chirurgien du centre chirurgical.

La question et le regard furieux étaient dirigés vers Antros, qui ne répondit pas. C'est son ami qui a exprimé la raison de sa présence au centre.

« J'ai été laissé pour mort. Je suis ici pour être reprogrammé sur l'ordinateur.

« Êtes-vous les 1025 ? demanda le professeur avec mépris.

"Oui.

Puis il est mort.

"Je pense que je te parle," coupa Sandor, essayant de se contenir.

« Et vous m'avez parfaitement entendu. Vous avez laissé ce centre un cadavre, et ainsi vous avez été informé.

« Je ne vous demande pas de programmer l'erreur.

« Erreur ? D'où vient cette erreur ? Vous étiez mort. Ce qui a pu se passer en dehors de ce centre ne me regarde pas. Et je n'ai pas de temps à perdre.

"Professeur, je suis vivant.

« Vous avez été traité par un centre officiel d'où vous êtes sorti comme un cadavre. C'est sur l'étiquette, sur les puces. Votre épouse a signé la conformité... Vous savez aussi que seules les données officielles sont admises...

« Vous ne pouvez pas vous désinscrire de tout parce que vous avez fait une erreur ! Sandor a finalement éclaté.

Comment oses-tu me crier dessus ? Est-ce que tu sais qui je suis? Savez-vous à qui vous parlez ?

« Avec un imbécile vaniteux !

« Cela vous coûtera cher, 1025 ! Le chirurgien a menacé.

" Allez, marmonna Andros, conciliant, en prenant le bras de son ami.

« Et vous êtes responsable, vous ! "Maintenant, le professeur s'adressait à Andros." Identifiez-vous!

Sandor réalisa que son attitude venait de blesser son ami aussi.

" Ce n'est pas de lui dont je viens parler, professeur. C'est moi qui demande seulement une rectification pour continuer à obtenir mes droits de citoyen.

"Tu es mort.

"Alors, professeur, sachez que...

Andros a de nouveau apaisé Sandor.

« Non, vous non ! Je vous ai demandé de vous identifier ! Hier, il a voulu se faire passer pour un médecin. C'est sévèrement sanctionné.

"Je m'appelle Andros tout simplement", répondit humblement l'homme d'une autre planète.

« Ce n'est pas ce que je veux. Votre insigne !

« J'ai peur de ne pas pouvoir te plaire. C'est une longue histoire.

"Tu n'as pas de badge ? C'est un intrus... un "libérateur"... Maintenant je comprends. Je vais appeler le gardien...

Il était sur le point d'appuyer sur une sonnette, mais Sandor se jeta sur lui.

« Ne le fais pas ! Ne le fais pas ! Il m'a sauvé la vie.

"Reculez ! s'exclama le professeur.

Sandor était fort et était capable de bien tenir la main du professeur, qui de l'autre côté de la table poussa un gémissement alors qu'il était obligé de s'approcher de son agresseur.

« Lâche-moi... Lâche-moi ! "crier,

Sandor était trop hébété et a compris qu'il devait se débarrasser de lui s'il voulait sortir du centre.

De sa main libre, il frappa le menton du chirurgien d'un coup de poing qui l'envoya contre le mur. Elle sauta immédiatement par-dessus la table et se jeta sur lui.

« Maudit ! Vous ne nous ferez pas de mal ! » Il le frappa à nouveau à la mâchoire et le professeur tomba en position assise les yeux retroussés.

« Vous ne devriez pas le faire ! La violence ne doit jamais être utilisée », a prévenu Andros.

« Allez, on y va, avant que je me réveille !

Ils durent se dépêcher malgré la légère hésitation d'Andros.

Ils ont couru le long d'un couloir sous les yeux du personnel médical.

"Si nous n'atteignons pas la porte, ils ne nous laisseront jamais sortir" s'est exclamé l'ami d'Andros.

Ils atteignirent l'un des ascenseurs automatiques qui les conduisit rapidement au rez-de-chaussée de l'immeuble.

Toujours en fuite, ils arrivèrent au parking.

Une sirène retentissait déjà au loin.

« C'est la garde fédérale ! « Cria Sandor, en même temps ! qui a démarré son véhicule.

« N'aurait-il pas été préférable d'attendre et d'expliquer la vérité ? s'enquit son ami.

"Expliquez ? Je n'ai ni voix ni vote... Bientôt je serai effacé de partout, je n'existerai plus en tant qu'homme. Vous ne comprenez pas ?

« Je pense que oui, je pense que je commence à le comprendre, mais il doit y avoir un moyen de les faire raisonner.

« Non, Andros. Il n'y en a pas. Croyez-moi. Ils sont prétentieux. même servir de laquais dans la Black ReFoundation. Au diable tous... ! Et le système, et...

"Calme Calme...

La sirène se rapprocha.

« Ils nous auront localisés bientôt. Je vais déconnecter la plaque signalétique.

Il appuya sur un bouton et le tripota.

"Nécessaire ?

"Avec ça, ils peuvent toujours savoir où je suis...

" J'attends ! Et ta femme ?

« Je vais devoir l'appeler par l'interphone. Maintenant, il ne peut plus rester à la maison. Ils la dérangeraient et ils pourront y arriver dès qu'ils s'y seront mis.

« Que se passerait-il s'ils vous attrapaient ? Vous êtes déjà officiellement mort. Ils ne peuvent pas poursuivre une personne décédée.

"Vous ne les connaissez pas... Ils m'accuseraient d'être un " libérateur "... Je serais enfermé et ils feraient de moi une victime de toutes sortes de tortures. C'est pourquoi la mort vaut mille fois. .

Andros pensa à ces mots :

"Vous devrez utiliser vos propres moyens et selon les conditions de ReFoundation"

Oui. Une fois sur la planète, tous ses principes et enseignements étaient sans valeur ; s'il fallait fuir sans raison, il devait le faire s'il voulait survivre.

« Allez ! », a-t-il décidé. Je vais vous aider ! « Et il a tiré d'un coup sec le bouton qui actionnait la plaque d'identification comme un radar pour que la police ou la garde fédérale ne puisse pas localiser le véhicule.

Pendant ce temps, Sandor diffusait avec sa femme.

« Ne perds pas un instant, Ada. Courez chez nos amis. Je te rencontrerai dès que je pourrai.

"Mais, Sandor... que s'est-il passé ?

« Je ne peux pas vous l'expliquer maintenant... Ah ! Ne prenez pas la plaque d'identification, ni le radio-radar, seulement l'émetteur au cas où j'aurais besoin de vous contacter.

« J'entends des sirènes, Sandor !

"Eh bien, dépêchez-vous... Fuyez. Ils viennent pour vous" coupa-t-il la communication. Andros marmonna :

"Je ne peux pas dire que mon contact officiel avec ReFoundation a été très chanceux ...

Et il pensait que tout cela était arrivé simplement pour sauver la vie d'un homme. Cette dernière pensée le fit sourire amèrement.

CHAPITRE VIII

Les Tomblers étaient deux jeunes frères. Mâle et femelle. Ada était avec eux lorsque son mari est arrivé en compagnie d'Andros.

Un bref exposé des faits a suffi aux Tomblers pour se rendre compte de la gravité de la situation.

« Nous ne voulons pas faire de compromis. Ils doivent avoir déjà programmé ma disparition dans leur cerveau central. Désormais, je ne serai pas un « ressuscité », mais un « libérateur », c'est sa façon de corriger les erreurs.

Andros est intervenu pour obtenir la confirmation de quelque chose dont il avait déjà une idée :

« Les 'libérateurs' sont ce groupe minoritaire qui se bat pour l'égalité des droits, n'est-ce pas ?

"Oui. Ils veulent revenir à l'égalité de la planète entière. Maintenant, ils sont divisés en groupes. Noirs, jaunes et fanatiques. Ils occupent les endroits les plus misérables et meurent dans le dénuement le plus complet. Si un groupe essaie de s'organiser, il est systématiquement écrasé par les engins militaires placés stratégiquement à proximité des agglomérations les plus importantes. Ce sont des armes de nos usines, bien sûr », a expliqué Plumbia Tombler, et avec cela il s'est défini en termes de pensée.

"Il y a des choses dont on ne peut pas parler", a déclaré la femme de Sandor. Ils sont interdits, mais beaucoup d'entre nous pensent que White ReFoundation commet une terrible injustice.

« On dit que nous sommes à l'ère du bien-être, marmonna Sandor lui-même. Qu'ils aient déjà tenté l'approche d'autres fois et qu'elle n'ait servi qu'à soustraire de nombreuses vies à la race privilégiée que nous sommes censés être... Putain d'approche ! La seule chose que nous avons toujours essayé est de garder le peu de valeur qu'ils avaient. Ce ne sont pas des idiots, croyez-moi. Ils sont fatigués d'être exploités et l'injustice engendre la violence.

"Nous devons faire quelque chose, Sandor" ajouta son épais.

"Oui, j'ai déjà dit que nous ne pouvions pas faire de compromis", marmonna Sandor en s'adressant aux Tomblers, "Nous irons sur le terrain. Il reste des zones tranquilles. Dans notre cas, nous n'avons pas d'autre choix que de rejoindre les "libérateurs". n'est pas le genre de vie que je voulais donner à Ada.

"Ne t'inquiète pas pour moi. Nous survivrons à tout ça. Au fond, toi aussi tu as toujours aimé lutter pour la justice.

Sandor regarda son ami Andros et murmura :

« Vous ne pouvez pas rester non plus. Vous voyez ce que vous avez accompli en me sauvant la vie !

« Personne ne peut choisir son destin... Mais j'aimerais rester un peu plus longtemps. Il sera plus difficile pour moi d'être trouvé. Je suis introuvable. Ils n'ont pas ma description.

« C'est vrai, mais ce sera très dangereux pour vous. Et je serais désolé s'il t'arrivait quelque chose ", répondit Sandor.

« Je sais que je te reverrai un jour.

"Nous resterons en contact avec les Tomblers", a assuré la femme de Sandor.

"Oui, dis-nous si tu as besoin d'aide" demanda à son tour Plumbia Tombler.

« Comptez sur tout » confirma son frère. Et toi, Andros, pour être leur ami, tu es désormais à nous.

« Attends ! Je vais voir quelles nouvelles ils donnent, peut-être que je parlerai de toi » argumenta Plumbia.

Il alla immédiatement à l'écran circulaire et appuya sur le bouton de la newsletter. Sur l'image apparaissait un ordinateur qui fonctionnait jour et nuit en émettant des données écrites et en direct.

Après la projection de quelques cassettes avec des images différées I des réalisations réalisées par les différents niveaux du pays, la figure du Président est apparue.

"C'est le responsable," marmonna Sandor.

Et le Président a déclaré :

« « Les menaces contre notre bien-être sont constantes, nous n'hésitons donc pas à programmer les moyens de défense les plus modernes pour assurer notre paix. White ReFoundation est aujourd'hui un paradis que même les habitants d'autres planètes nous envieraient. Notre territoire est prospère, tout est planifié et l'effort du Gouvernement pour nous maintenir sur la même ligne ne faiblira pas un instant. "

Sandor a coupé la connexion pour trouver une autre chaîne d'information

"Dites toujours la même chose. Et avec l'argent dépensé en armes, tout le continent de Black ReFoundation et même les autres pourraient vivre. Money money money !

Un autre cerveau similaire au précédent est apparu à l'écran. Il diffusait des bulletins d'information.

"Les derniers braquages..." " lu sur une cassette. Et cela représentait une série d'actes criminels contre la propriété.

Ensuite, la bande a été changée en voix.

"Maintenant, c'est l'actualité", a déclaré Plumbia Tombler, pensant qu'il allait rendre compte de l'évasion de Sandor, mais ce n'était pas cela. C'était une autre agression.

"Si nous avions autant de bien-être, il n'y aurait pas de voleurs", aboya Sandor.

La voix rapporta :

« 'Le dernier coup a été porté par un seul homme qui n'a pas pu être détecté. Il était équipé d'une arme laser automatique. On a découvert plus tard que l'arme avait été volée la nuit dernière dans la base militaire numéro quatre, où un homme s'est noyé. Le meurtrier n'a laissé aucune empreinte, malgré le fait que la victime a été étranglée par ses mains. Des mains fortes qui suggèrent que l'individu est un homme d'une force inhabituelle.

« Des détecteurs spéciaux ont montré que c'est le même individu qui a commis l'agression à l'aide de l'arme laser.

«Ladite agression a eu lieu dans l'entité officielle fédérale, d'où le voleur a réussi à saisir une importante somme de papier-monnaie. On parle de dix millions de refondations papier.

»Cela ne peut pas être précisé, car l'étrange voleur a déconnecté tous les appareils de détection, rendant l'ordinateur inutilisable. Un travail actif est en cours sur sa recomposition.

»Le plus curieux est que bien que les détecteurs aient confirmé que l'assassin du gardien de la base et le voleur de l'entité nationale fédérale sont la même personne, en revanche, il n'a pas laissé la trace habituelle.

Alors que la voix donnait encore des détails sur les deux événements, Andros savait déjà qui était le voleur Hugo.

Hugo, son compagnon d'exil, qui venait de laisser des échantillons de son intelligence réalisant ce qu'il avait proposé et manifesté à Andros lui-même.

Il ne dit rien et continua d'écouter.

L'information suivante ne lui était pas étrangère non plus.

"" L'inspecteur Molter de l'État de Galana, chargé de l'affaire du meurtre de l'important fermier et homme d'affaires Allton, a conclu que le meurtrier ne pouvait être autre que le contremaître de la plantation Jonnasson et pour cette raison il a remis au autorités de correction à procéder en conséquence. "

"Ce n'est pas vrai..." marmonna Andros, se rendant compte qu'un homme innocent allait payer pour le crime qu'Hugo avait commis. Crime qui avait été la cause de leur exil mutuel.

Le commentaire d'Andros fit que toutes les personnes présentes se retournèrent vers lui.

« Excusez-moi, » murmura-t-il. j'ai... je dois y aller

Ils ont essayé de l'en dissuader, mais Andros était déterminé. Avant de partir, il a définitivement ajouté :

" Je reviendrai vous entendre, Sandor. Je vous souhaite beaucoup de chance.

Mentalement il était loin de là, très loin, il pensait à l'innocent qui allait payer à cause d'Hugo. Elle pensait aux derniers crimes d'Hugo et elle essayait de les résoudre.

Mais comment?

Il était sur une planète étrange, pleine de problèmes, de petites et grandes mesquineries, pleine d'injustices. S'il avait eu les moyens qu'il avait dans sa cabine, tout aurait été facile, très facile, mais là chez ReFoundation... Maintenant il allait savoir quels étaient les problèmes !

CHAPITRE IX

Il n'était pas difficile de s'orienter dans une ville comme celle-là, encore moins d'être un être comme Andros, qui en plus des sens ordinaires avait le don que les anciens avaient appelé à l'origine « pistage mental », qui est devenu comme une sorte d'odeur du cerveau qui lui a permis de détecter presque par inertie ce qu'il cherchait. Le même cadeau qui lui avait permis de se rendre au centre chirurgical lorsqu'il accompagnait la femme de Sandor.

Il n'était pas très sûr que cet important sénat, inconnu des habitants des planètes sous-développées, puisse le mettre en pratique loin de leur environnement, mais lorsqu'il vit que ses facultés intellectuelles répondaient comme chez lui, il s'en réjouit, pensant qu'il était un nouvel avantage. qu'il pourrait utiliser dans son exil.

Parce qu'il avait d'autres avantages, d'autres systèmes de communication, comme son influence capable de dominer une personne.

En passant devant le centre chirurgical, il pensa au professeur Kannen.

Il regrettait de ne pas avoir essayé d'exercer son pouvoir avec lui, mais la vérité est que Sandor ne lui a pas donné beaucoup de temps.

Bon, maintenant ça allait être différent... Sans le chercher "bien au contraire" il s'était attiré des ennuis et était un homme persécuté, mais il avait aussi l'avantage de ne pas laisser la trace caractéristique qu'on pouvait déceler. Aucun cerveau de ReFoundation ne pouvait prendre sa filiation et le décrire plus tard, puisque ses cellules étaient différentes. Oui, c'était aussi un avantage considérable.

Localiser l'Entité Nationale Fédérale ne lui a pas coûté beaucoup de travail.

Le bâtiment était bouclé par des gardes. Des caméras de toutes sortes roulaient pour les données. Un ordinateur portable était constamment consulté car il engloutissait des chiffres, des questions et encore plus de questions.

Quelqu'un a commenté l'impossibilité que le cerveau n'ait pas pu faciliter la description du voleur et du meurtrier

«Même si j'ai agi sans plaque signalétique, vous pouvez au moins noter vos coordonnées. Une telle erreur est inadmissible.

Andros lança une question.

« Ce n'est peut-être pas une erreur... Comment fonctionnent ces machines ? Sais-tu?

Les deux hommes qui commentaient regardèrent Andros avec méfiance. Comment quelqu'un pourrait-il poser des questions sur le fonctionnement d'un ordinateur dont le système de contrôle avait été annoncé ad nauseam ?

Non. Ils n'avaient pas l'intention de lui répondre, mais de s'éloigner de là.

"Excusez-moi," insista Andros.

Puis il pensa qu'il était temps d'exercer son pouvoir de persuasion. Les deux hommes se figèrent, captivés par le regard de l'inconnu.

"Je ne sais pas comment ça marche... Mais j'imagine que ça doit être par contrôle cellulaire.

Son influence a payé.

"C'est ça" dit l'un. Certaines cellules sont recomposées, elles facilitent le passage du groupe sanguin à sa "photo".

« Un portrait de robot ?

"Non" répondit l'autre. Une vraie photo.

"Donc, l'ordinateur agit comme un mémoriseur photographique", a commenté Andros pour s'en assurer.

"C'est. Les criminels sont enregistrés et représentés.

"Mais ils peuvent porter des déguisements", argumenta Andros.

« C'est déjà prévu. Ils les utilisent, mais leurs traits caractéristiques demeurent et leur identification est aisée au centre du crime.

« En d'autres termes, en l'absence de portrait, les données restent. Un magnifique squelette de la personne.

« Voilà. « Merci messieurs.

Andros est parti de là. Le système ne leur semble pas mauvais, mais il n'a pas fonctionné pour eux. Avec lequel Hugo n'a jamais pu être identifié.

"Eh bien" pensa-t-il en lui-même. Maintenant, je dois le trouver. »

Il se concentra. Il devait retrouver Hugo. Elle devait le trouver en utilisant le rayonnement de son cerveau, ce que la ReFoundation définirait probablement comme un radar humain, même si ce n'était pas sa définition exacte.

Vous avez l'emplacement. Il l'a eu et savait où trouver Hugo.

Il voyageait dans un airbus en voyage d'agrément.

Sa destination était la région des Gondoles, la cité artificielle exclusive des millionnaires, avec ses vieux palais de verre, ses jardins artificiels reproduisant l'exotisme des différents quartiers.

Il y avait aussi tous les instruments du plaisir.

Andros n'était pas encore dans cette ville, mais il s'en souvenait, il l'avait vue lors de ses vols et maintenant elle s'offrait telle qu'elle était, vue de son imagination. C'était une vraie vision.

La vitesse "relativement rapide par rapport à celle atteinte dans les autres pièces" du navire, a permis aux voyageurs d'arriver dans un laps de temps relativement court par rapport à la distance.

À la base de décollage, Andros a pensé à l'argent que coûtait le billet. Il ne l'avait pas.

Il faut vivre selon les méthodes de ReFoundation, pensa-t-il une fois de plus.

Il est allé directement à l'un des distributeurs de billets. Là, il a donné le montant en refondations, qui devait être déposé pour acheter un billet,

Il examina un instant la machine et sut immédiatement comment obtenir le billet sans dépenser d'argent.

"Ce n'est pas bien", se dit-il, mais que puis-je faire ? "

Il ne pouvait faire qu'une chose, et il n'avait pas beaucoup de temps pour y penser car un écran annonçait le départ imminent de l'airbus pour Gondola,

Il avait un petit tournevis dans sa poche. Il avait oublié la veille à l'usine de Sandor, et il l'a utilisé.

Il a agi secrètement et rapidement. L'opération qu'il devait effectuer était très simple. Si simple qu'il n'a eu qu'à insérer la pointe du petit outil dans la fente du magasin de billets de banque pour qu'un des billets de banque tombe dans la sortie.

Il a pris l'appareil. Aux habitants des autres continents de ReFoundation, cela aurait pu sembler la meilleure des avancées. Pour Andros, cela signifiait seulement un sourire sympathique face au sous-développement.

L'airbus a décollé verticalement puis a commencé son vol rapide. Arrivé à la télécabine. Il savait déjà où trouver Hugo.

L'estancia était comme un endroit de rêve pour les classes supérieures, car elles ne pouvaient même pas aspirer à autant de luxe. Seuls les privilégiés. Oui. Seuls les grands de la nation la plus puissante de la planète pouvaient payer le prix que coûterait une journée de séjour là-bas.

Un employé, après un salut, lui a demandé quoi | souhaité. La couleur de la peau de l'employé était jaune.

« Chez un de mes amis, mais je vais le trouver.

« Monsieur, si vous n'êtes pas client, vous ne pouvez pas entrer. C'est la norme.

Andros jeta un bon coup d'œil au petit homme avec une attitude soumise.

"Ainsi, ceux de la race inférieure ne servent que les forts."

L'employé sentit ce qu'Andros venait de penser et sourit.

« Vous êtes très compréhensif, monsieur.

« Je sais où est mon ami, mais je ne veux pas te compromettre.

« Il y a des ordinateurs, monsieur. Les non-clients sont découverts tout de suite. La vigilance est de mise, des voleurs pourraient être impliqués.

« Ouais, ouais... je vais devoir louer un... habitat ou peu importe son nom.

« C'est très cher, monsieur.

Andros regarda autour de lui. Plusieurs indications lumineuses orientées par rapport à autant de lieux de plaisir.

Il remarqua le mot "Jeu".

"N'essayez pas de tenter votre chance, monsieur" suivit le jaune. Les avantages ne concernent que "la maison".

"Me prêter de l'argent. Je te le rendrai.

Le jaune s'était fixé dans les yeux de l'interlocuteur. Il fouilla dans une de ses poches et en sortit une liasse de papier-monnaie.

« Je suis riche ici, monsieur. Les refondations-cibles paient bien.

"Donnez-moi seulement le minimum pour jouer" et pressa de ses yeux le jaune.

A obtenu l'argent et il souhaite du serveur:

« Vous aurez de la chance. Je connais.

Il n'était pas nécessaire d'appartenir à la communauté pour entrer pour jouer. Andros connaissait déjà le fonctionnement de nombreux appareils pour les avoir vus la nuit précédente.

Il a échangé le papier-monnaie contre des jetons et s'est rendu à l'une des machines électroniques. Celui avec les caissons lumineux.

Il se tenait à côté de l'homme qui collectait simplement les paris, puisque le reste fonctionnait automatiquement.

Il a attendu deux matchs puis a commencé à jouer.

Les deux seuls jetons qui lui ont été donnés sont devenus quatre, puis huit, et seize... Comment avez-vous eu la chance en votre faveur ?

Pour ce faire, il suffisait de retenir les mots des instructions générales de votre planète :

"La chance n'existe pas."

Non. La chance n'est que le souhait des esprits sous-développés. C'est pourquoi il a gagné. Ce n'était pas une question de chance, mais de calcul. Il n'y avait pas de pièges là-bas, il suffisait de savoir à l'avance... à quel nombre la lumière allait s'arrêter.

C'était légal. Il a utilisé ses connaissances pour vivre selon les voies de la ReFondation. Il est sorti avec un bon pic et l'admiration de la foule.

CHAPITRE X

"J'aurais dû supposer que tu étais l'homme dont tout le monde parle" sourit Hugo, allongé dans un fauteuil sur sa terrasse face au lac artificiel et au jardin, dans un décor d'une beauté indescriptible... pour les gens de ReFoundation |

Puis il ajouta :

« Tu as aussi su t'adapter, hein ? Chacun utilise ses moyens...

Il s'étira et se dirigea vers un meuble, d'où il sortit une bouteille.

« Eh bien, ce n'est pas notre cabane, mais puisque nous devons vivre ici, au moins le faire de la meilleure façon. Et c'est le meilleur. Avez-vous essayé cela?

« Je ne suis pas venu boire les nectars de ReFoundation, et je n'ai pas gagné cet argent pour vivre comme vous. Il y a quelque chose de plus important.

"Qu'est-ce qui ne va pas avec la bonne vie ? En l'absence d'un paradis naturel, ils sont construits ici artificiellement. Je réalise ce qui nous a été dit; je vis selon les règles du pays d'exil.

"Tuant des gens.

« Vous en avez entendu parler, hein ?

« Oui, je l'ai découvert, Hugo... Tu aurais pu l'empêcher.

"Eh bien... qu'est-ce que tu vas me dire ? Qu'est-ce que tu aurais pu faire ?

"Ce n'est pas ça.

« Ne sois pas trop confiant, Andros. Aujourd'hui s'est bien passé pour vous, mais essayez de continuer à jouer. Vous serez réservé. Ils découvriront que votre chance n'est pas si logique. Ici, ils se méfient de tout le monde. En l'absence d'autres moyens, ils détectent les personnes par des systèmes grossiers, mais ils peuvent les suivre.

"Pas nous.

"Je ne veux pas marcher avec des tests. Si ça t'amuse, vas-y et fais-les, on est d'accord pour que chacun suive son chemin.

L'attitude d'Hugo était brusque, aigre.

"Ils vont punir un homme pour le crime que vous avez commis...

" De quoi me soucier!

"Je le sais déjà. Tu as encore tué.

« Et je continuerai à le faire. Il n'y a que de la vermine ici. Pourquoi avoir des scrupules ? Ce sont des êtres inférieurs.

« Tu as du mal à l'intérieur, Hugo. Tu ne comprends pas? Sans violence nous pourrions faire quelque chose de grand... Changer cette planète, arriver à faire une cabane presque comme la nôtre... Nous leur sommes supérieurs, d'accord, alors montrons ce qui peut être réalisé. Ils seront heureux.

"Tu es un idiot. Ce sont des cerriles... Ne tuent-ils pas ? Un laps de temps ici suffirait pour savoir quel genre de sentiments tu as. Pour moi, ils meurent tous. Je suis banni, non ?

« Les innocents que vous avez tués ne sont pas à blâmer.

« Tout le monde est coupable !

"Non, d'être inférieur.

« Au diable tes tours, Andros !

« Vous devez aller voir cet inspecteur. Au moins ça. Éviter la mort d'un innocent.

« Vous voulez dire ce contremaître, n'est-ce pas ? Je sais... Ils ont annoncé la nouvelle. Et cela? C'était un autre vaniteux...

« D'accord, mais il est innocent.

« Assez, Andros ! Arrêter! Et Hugo s'est servi une généreuse portion de ce nectar en bouteille.

"Ne prends pas ça et écoute. C'est une drogue. Ça va atrophier ton cerveau. Tu finiras comme eux. Tu perdras le bien qui peut rester.

« Je n'ai pas choisi ça ! Je ne retourne pas dans ma cabane !

"D'accord, d'accord. Je ne te demande pas de donner ta vie pour ce contremaître... Tu as déjà subi la punition que nous avons imposée... Mais tu as un moyen d'éviter de plus grands maux.

"Bien sûr. J'y vais, me présente, convainc l'inspecteur de l'innocence de ce type et pars.

« Et si tu veux, ils ne t'arrêteront pas.

"Je ne le ferai pas. Andros. Vraiment. Je ne le ferai pas. Qu'ils pourrissent tous ! Ce n'est pas mon site ! Ils m'ont envoyé ici, eh bien, qu'ils se mettent à trembler... ! dommage que je puisse et je continuerai d'être le plus fort... Vous comprenez ?Mes supérieurs m'ont puni, c'est bien, car je deviens une punition pour la ReFoundation... Et voyons qui peut avec moi !

Il avala le contenu du récipient qui avait été servi.

"Ah ! C'est l'une des choses délicieuses de cette misérable planète.

« C'est une drogue.

« Vous utilisez un langage démodé.

« Voici le langage qui est utilisé. Cela n'a pas changé.

« Rien n'a changé ici ! cracha Hugo et se versa une seconde portion.

"C'est bon. Si vous n'allez pas voir ce flic, je le ferai.

"Vous pouvez m'accuser si vous voulez... Mais attention, ne faites rien pour me décrire, ne leur donnez aucune information "définitive" car alors ce serait moi que vous auriez à affronter !

« Vous avez toujours été un partisan de la violence.

"Et cela?

« Je ne voudrais pas avoir à t'affronter, mais peut-être que je dois le faire un jour.

"Alors tu dois te souvenir d'une chose, pilote

Andros... Tu n'es plus mon patron ici et ton pouvoir et le mien sont les mêmes. Andros hocha la tête. Ce n'était pas une soumission, c'était de la pitié, de la déception.

Il a quitté la pièce.

Il décida de partir cette nuit-là, mais pas avant de rendre l'argent que le domestique jaune lui avait prêté.

"Ici... j'ai besoin de très peu" a-t-il ajouté, lui donnant la quasi-totalité de ses gains.

« Vous êtes très généreux, monsieur.

« Non, je ne suis pas généreux, mon ami. Je suis... Eh bien, je ne suis personne.

Et il a disparu de ce grand hall luxueux et sophistiqué, d'un immeuble réservé aux millionnaires.

Il a passé son billet dans la machine et a également ajouté le billet aller simple, en s'assurant qu'aucune carte d'embarquement ne sortait. En d'autres termes, il a mené l'opération à l'envers, ce qui l'a laissé en paix avec la compagnie aérienne.

Au retour, il pensa à Hugo. Maintenant, il était son ennemi avoué. Ennemi à vous et ennemi de tout. la planète.

Peut-être qu'un autre ne s'en serait pas soucié car Hugo n'était pas son truc, mais il y avait un sentiment inviolable dans la psyché d'Andros. Le sentiment d'équité, de justice, le sentiment qui touchait habituellement tous les habitants de sa planète, mais il y avait aussi de mauvaises racines, comme Hugo. Des racines qui ont été punies d'un bannissement perpétuel... au mal des autres planètes.

Il fallait continuer à combattre ces racines...

CHAPITRE XI

L'inspecteur Molter avait écouté attentivement Andros.

Ce sens inné qui lui donnait le pouvoir de convaincre les hommes fonctionnait à merveille.

« Je reconnais mon erreur. Je vous assure que Jonnasson ne sera pas puni pour ce crime.

« Inspecteur, je ne peux pas exposer l'homme qui a commis le crime. Cela ne servirait pas à grand-chose non plus. J'espère que tu as compris.

Peut-être que Molter ne pouvait pas le comprendre, mais devant la présence et l'insistance d'Andros, il l'a admis comme une évidence.

Appuyer sur un bouton était facile, puis la suite était déjà le travail du cerveau, des ordinateurs. Tout a été fait rapidement et Jonnasson a pu partir après avoir subi des tortures infâmes.

Là-bas, dans le sous-sol du quartier général de Crime Regression, il y avait une étrange salle d'opération, où des esprits tordus éliminaient les criminels. Des appareils spécialement conçus pour cet "intérieur torturé".

Les condamnés à la torture, avant de connaître l'inévitable sentence qui a conduit à leur mort, ont été victimes d'étranges expériences. On leur inoculait des maladies, puis après des douleurs qui les mortifiaient sans tuer, ils se mirent à les guérir pour produire de nouveaux maux.

Jonnasson était un homme différent quand il est parti là-bas. Un homme qui avait souffert, même s'il n'avait pas atteint la limite grâce à l'intervention opportune d'Andros.

Andros le regarda sortir et errer comme un fantôme dans la foule de la ville.

Mais ce bien qu'Andros venait d'accomplir se transformait aussi en mal.

La fiche de rectification de la culpabilité de Jonnasson a été activée - Inspecteur Molter.

« Vous êtes incompétent. Vous avez accepté publiquement une erreur. Un programmeur entier contre nos systèmes. La nouvelle se répand et il n'y a aucun moyen de l'arrêter...

« Mais, monsieur... Nous ne pouvions pas punir un innocent.

« Molter, tu es un con ! La vie d'un homme ne vaut pas autant que le discrédit !

"Mais...

« Maintenant, nous devrons poursuivre contre vous. Sa folie est déjà programmée. Il est resté sans pièce d'identité. Tout ce que je peux faire pour toi, c'est te donner le temps d'essayer de t'enfuir. Tout ReFoundation saura bientôt que vous êtes un renégat, un membre des « libérateurs ».

« Ils ne peuvent pas faire ça avec moi.

« Allez-vous en, Molter ! Allez-vous-en ! Son temps est compté.

Et les ordinateurs fonctionnent au même rythme, sans précipitation, mais sans pause.

Tout monotone.

Tout parfaitement calculé.

L'engin était immobile. Le nom de Molter est passé à être un autre de tant de déshérités de la grande société.

Les ordinateurs n'ont jamais admis l'erreur, et l'erreur a été corrigée par l'injustice, une autre erreur ...

Andros a appris la nouvelle à la maison Tombler.

Plumbia Tombler était seule dans la maison, elle a expliqué que son frère travaillait comme coordinateur dans une usine de nuit.

« Il contrôle les données de l'énergie qui alimente la lumière dans la ville...

Puis il expliqua qu'Ada et Sandor étaient déjà partis.

« Ils sont partis en hélicoptère pour la zone des grandes prairies. Ils essaieront de trouver du travail. Il y a peu de gens qui aiment y travailler.

« Penses-tu qu'il vaut mieux vivre ici ? demanda Andros.

"Je ne sais pas. Au fond tout va mal...

Puis ils ont annoncé la nouvelle de Molter. Les ordinateurs avaient atteint la fin du processus. Sur l'écran, il a été signalé. -

« Mais... est-ce que rien ne peut être fait pour éviter tout cela ? s'exclama Andros.

« Vrai ? Pourquoi t'inquiètes-tu à ce sujet, Andros ?

« Tu ferais mieux de ne pas le savoir, mais je 'sais' que cet inspecteur a fait son devoir. Vous comprenez?

Andros... Je vous connais peu, mais nous aimerions tous en savoir plus.

" Cela n'a pas d'importance non plus, Plumbia. Je dois être ici, je ne pouvais pas m'inquiéter, mais de nombreuses injustices sont commises. Même si je pense... Il y a peut-être un système.

« Un système pour éviter l'injustice ? Ne rêvez pas, seulement si les « libérateurs » triomphent.

« Avec une autre guerre ?

« Par quels moyens alors ?

« Nous devions commencer à réparer tous les programmeurs, dès le début. Faites admettre les erreurs.

« Personne ne peut faire ça, Andros.

« Je vais voir le président. Il peut l'obtenir.

« Ce despote ? Ne le crois pas. Lui, encore moins.

"Prêchez la liberté...

« C'est une chose de prêcher et une autre de « faire ».

« Je sais, je sais, mais ça peut être essayé.

« Ils ne vous laisseront pas y arriver.

"J'essaierai.

« Tu es sérieux, Andros ?

« Y a-t-il une autre façon de parler qui ne soit pas sérieuse ?

« Je ne sais pas... Vous voyez tout si normal.

"Ça peut être.

- Andros " Plumbia Tombler était fascinée par le regard d'un homme venu d'une autre planète, elle était attirée par sa volonté indescriptible, par ce regard capable de contenir tous les désirs ou de les exciter ", je voudrais... Je voudrais vous aider.

« Tu peux le faire, Plumbia. Où habite le président ?

"Dans son Sanctuaire. C'est inaccessible.

« Nous y parviendrons.

"Si tu le dis...

Oui, Andros était déterminé à changer cette planète. Il avait son pouvoir de persuasion et le mettrait à l'épreuve devant le plus haut dirigeant du soi-disant côté libre du cockpit.

CHAPITRE XII

Les « libérateurs » résidaient dans les refuges de montagne, dans les endroits les plus inhospitaliers de la White ReFoundation.

La végétation abondante les rendait invisibles des airs, aux patrouilles volantes.

Ils avaient mis au point un système de détection de l'avion et les sages qui faisaient également partie du groupe ont réussi à contrôler les systèmes utilisés par les pilotes pour les localiser. C'était leur seul avantage qui les empêchait d'être emportés.

Les huttes étaient bien équipées et lorsque l'argent manquait, des patrouilles de commandement étaient envoyées dans les villes pour obtenir de l'argent des Entités nationales.

Les coups n'ont pas toujours fonctionné et ensuite les assaillants de la liberté ont été torturés à mort. Personne, cependant, n'avait trahi la ou les cachettes des compagnons.

C'était une lutte silencieuse, la lutte de ceux qui proclament une fausse liberté contre ceux qui ne peuvent l'atteindre que par la force.

A ce moment, Wender, un jeune leader des « libérateurs », s'entretenait avec Sandor.

« Votre concours peut nous être précieux, Sandor. Nous avons entendu la nouvelle. Nous savons que vous êtes une victime de plus de l'injustice.

« Recevez-vous des nouvelles ?

« Petit à petit, le professeur Phorto a réussi à installer des appareils. Ils sont un peu rudimentaires, mais ils fonctionnent...

« Wender, je connais quelqu'un dont l'utilité peut vous être très précieuse.

"Un scientifique?

"Plus que ça. Je ne peux pas vous dire d'où ça vient, parce que je ne me connais pas moi-même. Mais il est intelligent, et il possède une science que ReFoundation ne peut même pas égaler. Il s'appelle Andros.

Andros. Et pourriez-vous le convaincre?

"Peut-être...

« Je vais regarder nos jetons.

"Ne le fais pas. Tu ne le trouveras dans aucun d'eux. Je t'ai déjà dit que je ne sais pas d'où ça vient.

Un membre de l'organisation est venu interrompre la causerie qui se déroulait dans l'une des galeries souterraines de cette ville aux allures primitives.

"Des nouvelles des commandos...

« Attends, Sandor, c'est important. Un groupe est parti à la recherche de fonds. Venir.

Sandor accompagnait Wender. A travers un écran, une voix rapporta :

« Un groupe de rebelles qui se disent « libérateurs » est tombé entre les mains de la garde fédérale lorsqu'ils ont tenté d'agresser une entité nationale. Le groupe était composé de quatre hommes qui ont été emmenés au Centre de répression pour recevoir le jugement rendu par les juges.

« Jugement légal ! s'exclama Wender. Ils seront torturés !

Un des professeurs s'est approché :

« Je l'ai entendu. Cela aggrave la situation. Leurs méthodes de détection sont de mieux en mieux. Nos hommes perdent la vie et nous manquons de fonds. Sans les nouvelles installations, il est impossible de construire les armes pour l'assaut final.

« L'assaut final ? demanda Sandor.

"Oui. Nous avons un plan organisé. D'abord nous attaquerons en petits commandos pour désorienter les forces répressives, puis nous déclencherons l'attaque contre le siège présidentiel. Nous visons à atteindre le Cerveau Central avec sa cohorte de programmeurs et d'ordinateurs. C'est le seul moyen de changer radicalement tout le pays.

"C'est impossible. Vous n'y arriverez jamais.

"Eh bien, c'est le seul moyen d'éviter de répandre du sang innocent", a répondu Wender.

« Personne ne peut se rendre au siège présidentiel. Tu devrais savoir. Toutes sortes de cerveaux détectent la présence d'intrus. Il est allé jusqu'à empêcher les gens de scruter et de détecter leurs pensées.

« Et ils appellent ça la liberté ! Mais nous devons l'obtenir!

« Je suis désolé de devoir être pessimiste. Beaucoup de ces dispositifs pour la détection de la pensée ont été produits dans mon usine. Je sais, Wender. S'y approcher, c'est se dépouiller d'idées, se soumettre à la volonté des machines. Le Président est le pouvoir suprême. Invulnérable...

* * *

"Invulnérable" répéta Andros à Plumbia. Vous avez dit que le Président est invulnérable.

Plumbia et Andros se trouvaient à proximité de l'imposant territoire appartenant aux domaines du président.

La grande esplanade, bien protégée par des détecteurs, empêchait totalement leur approche, non seulement du bâtiment mais à une distance très considérable.

Un grand lac bordait l'arrière de ce somptueux palais moderne, puis les parties latérales et la façade étaient clôturées par d'imposantes haies entre lesquelles se trouvaient les détecteurs, qui marquaient aussi la présence de quelqu'un même à distance des haies et transmettaient le « soupçon » .

Le bureau pré-présidentiel a été localisé avant d'atteindre la ligne que les véhicules à moteur officiels avec autorisation et lettres de créance devaient emprunter pour rencontrer le président.

Cette attestation n'a été délivrée qu'au bureau,

" Je pourrais entrer, Plumbia. Il pouvait le faire, mais... "Il a pensé au cas de l'inspecteur Molter qu'il a réussi à convaincre avec le sens puissant de son cerveau, mais il s'est aussi souvenu de ce qui est arrivé à l'homme."

Quelques personnes devaient être persécutées. Et je... je ne peux pas dominer tout le monde, mon pouvoir en ce sens est limité,

"Quelle puissance est-ce là. Andros ? « Elle s'est renseignée.

« Ce n'est pas un pouvoir, en fait. C'est la façon d'utiliser le cerveau.

"Utilise le!

"Ne le faites pas. J'ai réalisé que lorsqu'il s'agit d'aider certains, d'autres paient. Le seul système est d'obtenir un justificatif par le biais des procédures normales.

"Cela ne peut tout simplement pas être.

« Pourquoi, Plumbia ?

"Parce que tu n'as pas de plaque d'identification. Tu n'existes pas...

Mais toi si. Obtenez-le vous-même.

« Mais... je ne pouvais qu'entrer. Qu'est-ce que je vais dire au Président ? Penses-tu qu'il m'écouterait ?

"Je vais entrer avec toi.

"Impossible. "Tu fais ce que je te demande. Le reste est à mon compte.

« Vous aurez besoin de beaucoup de chance.

« Il n'y a pas de chance... du moins pour moi, Plumbia.

La jeune fille se laissa convaincre. C'était presque un ordre qu'Andros lui transmettait par son cerveau. Mais pas un ordre brutal, mais la conviction de sa propre sécurité.

Plumbia se dirigea vers le bureau,

* * *

Sandor a essayé de communiquer via sa radio avec l'adresse Tombler.

Le frère de Plumbia a pris le message.

"Ne le fais pas. Andros n'est pas là. Il a emmené ma sœur. Il essaie de joindre le président. Plumbia était très excité à l'idée. Je ne sais pas...

"Avec le président ! C'est fou, mais s'il essaie, c'est parce qu'il pense qu'il y a peut-être un moyen", a répondu Sandor.

« Je serai en contact avec eux. Que veux-tu que je les lie ? demanda le frère de Plumbia.

« Seulement... ici, nous avons besoin d'Andros.

"Que proposez vous?

« Vous avez des contacts externes déconnectés ?

"Oui, Sandor. La ligne est directe entre l'émetteur et le récepteur. Toi seul peux entendre ce que je dis et vice versa.

« Alors écoutez... Les 'libérateurs' préparent l'action finale.

Wender, qui était à côté de Sandor, a déclaré :

« Dites-lui d'avertir les toxicomanes, les vrais amoureux de la liberté. Nous aurons besoin de la collaboration de tous. Qu'ils répandent la nouvelle avec leurs réseaux de transmission dans les pays opprimés, dans les trois cantons sous-développés. Ils nous soutiennent, ils savent que cela signifierait une liberté totale pour les habitants de Delkco quelle que soit leur race.

Sandro a transmis puis son interlocuteur a voulu savoir :

« Quand pensez-vous faire grève ?

« C'est impossible à savoir. Nous manquons de moyens. C'est pourquoi Andros pourrait nous aider.

“ Eh bien, dès qu'il communiquera avec moi, je lui ferai parvenir ton message, Sandor. Mais attention, les moyens de répression se sont intensifiés.

« Nous le savons, nous le savons.

"Comment va Ada ? Le frère de Plumbia a demandé de finir.

"Bien. Nous sommes installés dans une ferme. Cela sert de prétexte, mais s'il le faut je l'apporterai ici. Ce n'est pas mal et au moins on travaille pour quelque chose d'important.

"Bonne chance une fois de plus, et ne vous inquiétez pas, je vais transmettre votre message à Andros

* * *

Pendant ce temps, Andros attendait le départ de Plumbia du bureau pré-présidentiel.

La fille est sortie avec un petit appareil perforé de la taille d'une carte.

« Qu'est-ce que c'est ? demanda Andros lorsqu'elle fut à ses côtés.

« La pièce d'identité, Andros. Je ne sais toujours pas comment je l'ai eu. S'ils me l'avaient dit avant...

« Je savais que tu l'aurais. Plumbia ! Il a souri.

« Mais cela ne me permet que d'entrer moi-même. Il doit passer par un ordinateur pour transmettre mes données à la Centrale et de là elles vont aux assistants. Lorsque les données concordent, c'est à ce moment-là qu'elles facilitent la saisie. Tout est très rigoureux et sûr. Tu ne pourras pas entrer, Andros. Ne sera pas capable...

"On verra bien", répondit-il.

CHAPITRE XIII

La voiture était conduite par Plumbia Tombler.

Elle l'a détenu devant le contrôle officiel du siège présidentiel.

Apparemment, personne d'autre ne se trouvait dans le véhicule. Les détecteurs de contrôle l'ont indiqué, tandis que le responsable plaçait le badge dans le contrôle correspondant.

L'ordinateur a rapidement publié les données. La réponse a été quasi instantanée :

"Contrôlé."

C'était l'équivalent de donner un laissez-passer gratuit au véhicule.

Plumbia Tombler a démarré la voiture, essayant de cacher sa peur, une peur qui menaçait de la trahir. Les gardes n'étaient pas au courant pour deux raisons ; d'abord parce qu'il était évident que quiconque irait rencontrer le président se sentirait assez nerveux et ensuite parce que tout le monde avait une foi aveugle dans la sécurité des détecteurs, des ordinateurs et de toutes sortes d'appareils qui contrôlaient tout.

Plumbia se rendit directement au parking réservé aux visiteurs.

La flèche automatique indiquait l'endroit exact où il fallait laisser la voiture.

Ensuite et comme dernier contrôle avant l'entrée, il fallait déposer le jeton dans une fente pour annoncer que la "visite" était prête.

Une porte latérale s'ouvrait alors et une autre flèche lumineuse indiquait la voie à suivre.

Plumbia a sauté de la voiture et a suivi les instructions.

Le jeton placé dans la fente de l'appareil a agi comme prévu. La lumière s'alluma et la porte s'ouvrit.

Le jeton a été avalé par l'appareil. Là, son efficacité s'est arrêtée.

Andros y est apparu.

Andros avait voyagé caché sous le siège du véhicule (pour deux). Le trou, bien qu'un peu inconfortable, avait servi ses desseins.

“ Je ne comprends pas, dit-elle, qui attendait dans le couloir éclairé. Comment ne t'ont-ils pas détecté ?

« Ils ne pouvaient pas me détecter. Je ne laisse aucune trace...

"Ce n'est pas possible..." murmura-t-elle.

« Une petite trace est laissée, mais elle peut être évitée. Son contrôle est par les cellules. Je l'ai demandé. Oui, j'ai demandé comment fonctionnaient ces potins. Connaissant alors le système, il existe un moyen simple d'éviter la détection. Ça..." et montra une plaque de métal qu'il portait avec lui.

"Métal?

« Métal simple. Arrêter. Dans les pieds, dans les mains et dans le corps. Ce sont les trois lieux clés. Lorsque les détecteurs sont entrés en service, je faisais partie du véhicule. J'étais tout un morceau de métal. Comprenez vous?

"Eh bien, je pense que oui, mais... C'est étrange.

Vas-y. Ne faisons pas attendre le président.

Ils n'avaient pas à se relayer car les visites étaient sévèrement contrôlées et personne ne pouvait continuer sans l'ordre exprès du Président.

En effet, il les attendait. Non. Personne n'a demandé le contrôle à Andros parce qu'une fois à l'intérieur, ils étaient tous partis. Le secrétaire avait l'habitude d'appuyer sur le bouton de l'appareil à côté de lui pour que le nom du ou des visiteurs apparaisse.

« Non ! s'exclama doucement Andros. Vous n'avez pas besoin de faire ça. Le Président nous attend.

« Hé ? S'enquit la secrétaire.

Les yeux d'Andros fonctionnaient aussi normalement sur son cerveau.

Le secrétaire sourit et murmura :

"Compris.

Celui qui ne comprenait rien était Plumbia, mais sa foi en Andros grandissait de minute en minute.

Le Président, penché sur son fauteuil monumental, devant toute une panoplie d'automatismes, les a accueillis avec un large sourire.

" Ah ! " s'exclama-t-il. " Représentation des Etudes Féminines pour le renforcement de l'autorité répressive. Est-ce vrai ? Mais j'avais indiqué qu'une seule personne me rendait visite. ...

Andros n'a pas permis à Plumbia d'intervenir et c'est lui qui a parlé.

"Désolé monsieur. C'était juste une excuse.

«

"Une excuse pour entrer, monsieur...

« Qu'est-ce que cela signifie ? Avez-vous menti pour arriver à ma présence ?

"Oui monsieur. Bien qu'en réalité cela n'ait pas été un tel mensonge, car ce que j'ai à vous dire est basé sur le renforcement de l'autorité répressive, mais... avec de légères variations.

« Je n'aime pas ces méthodes, monsieur.

« Ne cherchez pas mon nom. Il n'existe dans aucun cerveau. Je suis un citoyen incontrôlé.

« Un « libérateur » !

« S'il vous plaît monsieur... Ce que j'ai à vous dire est très sérieux » et Andros laisse libre cours à son intellect. Il regarde le Président avec curiosité, lui communique cette jovialité qui le caractérise, lui inspire confiance et l'invite au dialogue.

Le président croyait sentir une voix dans chaque battement de son cerveau qui annonçait :

Ecoute le. Tu te tiens devant le seul homme sincère. Il ne vient pas vous faire de mal. Ecoute le ... "

"Vous dites, monsieur...

Andros.

Andros. Vous dites, M. Andros.

Plumbia soupira. Jusqu'à ce moment, il n'avait même pas osé bouger un seul muscle de son corps. Elle était restée rigide, incapable même de respirer.

« C'est, Monsieur le Président, cette liberté que vous proclamez... Elle est conditionnée aux machines. Des machines qui ont été programmées par l'homme et qui ne répondent donc que ce qu'on leur a appris à répondre.

"C'est logique, Monsieur Andros" a commenté le Président.

« Oui, mais il faut les renouveler, les reprogrammer, leur donner une vie propre pour qu'elles soient des machines à penser « par elles-mêmes ».

"Ce n'est pas possible. Mes techniciens...

« Vos techniciens, Monsieur le Président, sont en retard...

Je peux vous le prouver si vous me permettez de corriger quelques petits bugs. Ce n'est pas une grande tâche qu'il suffit de vider d'erreurs, puis d'eux-mêmes ; ils nous diront à quel point leurs ingénieurs sont intelligents. C'est nul... Bon, mais ce n'est pas de votre faute, Monsieur le Président, j'ai l'intention de faire la revue. C'est une question de peu de temps.

Et obtiendriez-vous la machine parfaite ?

« Plus parfait qu'il ne l'est maintenant.

« Cela signifierait un changement très marqué.

« Tous les changements qui tendent vers la perfection méritent d'être considérés.

« La perfection avez-vous dit ?

« Oui, monsieur le président.

« Nos machines sont parfaites. Ils ne font pas d'erreurs.

« Je ne suis pas d'accord avec vous, monsieur. Ils les commettent.

« Eh bien, avouons-le, nous ne sommes pas parfaits non plus.

« Et n'aimeriez-vous pas vivre dans un monde parfait, Monsieur le Président ? Andros sourit, toujours en contrôle de la situation.

« Qui ne l'aimerait pas ?

« Il n'y aurait pas de guerres car les ordinateurs n'auraient pas l'occasion de dénoncer des insurrections, ou d'éventuelles attaques... Et ils ne les dénonceraient pas car les êtres vivraient heureux... Et c'est possible. La planète ReFoundation est riche et il y a du travail pour tout le monde, un travail rationnel et payé avec équité. L'envie prendrait fin. Envie en général. Les cas isolés ne manqueraient pas, mais leurs ordinateurs sauraient appliquer la sanction appropriée, sans violence. Les punitions doivent être exemplaires, mais pas violentes.

« Ce que tu dis, Andros, est merveilleux. Je vais en discuter avec mes conseillers.

« Avez-vous confiance en eux ?

"Oui.

"Monsieur. Président, donnez-moi un dossier personnel.

" Moi?

« A revenir lors de votre commande.

« Oh oui oui... ! Laisse-moi quelques jours. Je vais te donner ce jeton. Tu en veux deux ?

« Non. La présence de mon compagnon ne sera plus en retrait.

Elle le regarda presque d'un air suppliant. Il était fasciné par tout cela.

« Bon bien ; étalez-en deux. Je pense qu'elle adore être en sa présence.

Le président sourit.

« Il n'en manquerait pas plus. Je vous aime bien, M. Andros. Je l'aime beaucoup.

Puis, en quittant le siège présidentiel, elle soupira et, lorgnant Andros, elle murmura :

"Comment... ? Comment y êtes-vous parvenu ? C'est... C'est vraiment incroyable... J'ai toujours pensé que le président était un despote et...

“ Il l'a peut-être été, Plumbia, parce que personne ne lui a peut-être appris à être meilleur.

"Oh Andros ! Tu es... Tu es...

"Je suis un être ordinaire, Plumbia... Moins que ça..." A cette époque, il pensait qu'il n'était rien de plus qu'un être puni, banni de son habitat, un condamné par une civilisation supérieure.

« Mais, ne voyez-vous pas ? Si vous parvenez à changer tout le système, nous n'aurons plus jamais de problèmes

* * *

Les problèmes commençaient. Ils ont commencé dans la ville pour les millionnaires appelés Gondola.

CHAPITRE XIV

Jonnasson, le contremaître du fermier et homme d'affaires Allton, assassiné par Hugo, n'avait pas été réintégré dans ses fonctions. Elle était déjà couverte et en revanche, le doute persistait dans la famille du défunt.

Jonnasson ne voulait pas mendier pour un travail, et il se sentait aussi amer des outrages qu'il recevait, la torture. C'est devenu un élément de plus contre la situation et contre l'injustice.

C'est le hasard ou l'enchaînement du destin des êtres de la ReFondation qui l'a conduit à Gondola. J'avais quelques économies. Pourquoi ne pas vivre comme un potentat ?

Quand l'argent s'est épuisé, il avait déjà un plan. D'autres n'ont-ils pas volé ? Il le pouvait aussi.

Il a mis ses meilleures choses, bien qu'il ne puisse pas le faire; simuler son statut de crétin.

Aux abords de cette somptueuse demeure, il haïssait encore plus la vie de ceux qu'il prétendait imiter.

Il se souvint des paroles que la fille d'Allton avait prononcées.

« Désolé Jonnasson, je ne pouvais pas vivre avec le doute. Ils t'ont libéré, mais mon père est toujours mort.

C'était la pire insulte qu'il ait jamais reçue.

« Ne vous inquiétez pas, vous ne me reverrez plus. Maintenant c'est mon tour, pour tout ce que je n'ai pas vécu.

Il rassembla ses affaires et écouta les annonces sur un émetteur, toujours la foutue publicité.

"Les privilégiés visitent les meilleurs et vivent mieux en Gondole."

Pourquoi ne pas être privilégié ? Il pensa, et c'était ce qui l'avait amené ici.

Et maintenant, il se promenait dans les environs de ce spa pour millionnaires.

Les yeux des gardes, jaunes et noirs, le surveillaient et mille détecteurs le surveillaient aussi, ils le déshabillaient intérieurement.

Et Jonnasson sentit sa haine grandir.

« Je vais y entrer. Je vais entrer..." se dit-il.

Cela s'est produit en même temps que le retour d'Andros et de Plumbia dans la ville.

Le frère de Plumbia a informé Andros du message reçu de Sandor :

"Ils ont besoin de toi. Ils disent que tu peux les aider... J'ai déjà décidé d'y aller aussi, mais je dois d'abord parler à des amis pour qu'ils soient prêts.

" Ne le fais pas ! " s'exclama sa sœur. " Ne le fais pas encore

« Pourquoi ? Ils se préparent. Ils manquent de moyens, mais ils comptent bien les obtenir.

"Ta sœur a raison" argumenta l'homme d'une autre planète. Je crois que tout peut être réglé sans combat.

"C'est impossible!

Plumbia sourit. « Si vous aviez vu le président...

« Mais... avez-vous réussi à parler au président ?

"Oui, nous l'avons fait" s'exclama-t-elle avec excitation. Andros sait convaincre les gens.

Andros argumenta :

"Laissez-moi parler à Sandor. Mettez-moi en contact avec lui, il faut leur demander d'attendre un peu.

"Eh bien, si vous pensez que le président vous a pris au sérieux...

"Oh ! Tu ne serais pas si sarcastique si tu avais été présent à l'interview, frérot" s'exclama Plumbia.

" Alors, si Andros a réussi à le convaincre. A quoi faut-il s'attendre ? s'enquit Tombler.

« On ne peut pas exiger. Vous devez suivre les règles. Ce sera pour peu de temps », a souligné Andros.

"Dans ce cas...

La nouvelle a commencé, a alimenté l'enthousiasme de Plumbia, lorsque la voix du "cerveau" a annoncé :

« Aujourd'hui, le président a convoqué un conseil extraordinaire pour proposer des réformes sérieuses pour la consolidation de la paix sur toute notre planète.

« Alors... C'est vrai ! « S'exclama le frère de la jeune fille, participant déjà au même optimisme.

« Bien sûr que c'est vrai !

« Tu es extraordinaire, Andros ! Je vais vous mettre en contact avec les « libérateurs ». Sandor sera content.

* * *

Dans ces moments, Jonnasson vit parmi les gens un visage familier. C'était un homme qui errait avec lassitude parmi les petits lacs et les jardins. Un homme dont le visage n'avait jamais été effacé de son esprit.

L'homme était Hugo.

« L'est-il ! s'exclama-t-il.

Certains serveurs l'ont entendu crier et ont tourné les yeux vers Jonnasson.

« C'est le tueur de M. Allton ! À l'étranger!

Leurs voix avaient été détectées par les dispositifs qui protégeaient le bâtiment, par les gardiens qui pullulaient aux alentours et surtout par les employés, bien qu'ils aient appris à faire la sourde oreille à ce qu'ils entendaient.

« C'est le meurtrier ! Et la voix tonitruante de Jonnasson sonnait comme à l'époque où il était contremaître. De retour sur l'immense plantation d'Allton, il était toujours quelqu'un de confiance.

Hugo avait également entendu l'accusation, et était également conscient de la masse imposante du contremaître.

Hugo a vu comment certains hommes s'avançaient parmi la clientèle de la station thermale dont il pouvait pressentir les intentions. C'était le gardien !

Il n'avait pas la prudence qu'on pouvait attendre de sa condition supérieure et voulait se cacher parmi le peuple, s'enfuir.

Le chef de la garde a demandé des informations par l'intermédiaire de son radio-détecteur.

"Meurtrier présumé à la station thermale. Description, Description...

Les détecteurs, alertés depuis la salle de contrôle, tournèrent toute leur attention vers Hugo.

« Pas de réponse, pas de réponse. Homme non identifié. Sans réponse.

Comment était-il possible qu'une personne, quelle que soit sa condition, ne puisse être identifiée ?

"Alerte, alerte... Clarifier l'identification" a demandé le chef de la garde.

Un petit buzz annonça que les commandes étaient pleines, mais l'identification était impossible.

« Leurs cellules ne répondent pas. Sa piste est définie », a annoncé le rapport.

« Cherchez le sentier et donnez des instructions. On ne peut pas se tromper sur ce site », a exigé le patron.

Hugo s'éloigna vers la partie la moins fréquentée du lac, toujours suivi de près par le garde et scanné par les machines.

La vérification s'effectuait sur les ordinateurs de la salle de contrôle du spa.

Soudain, le chef de la garde a annoncé la nouvelle.

« Le suspect manque d'identification et de trace normale. Essai enregistré. Il s'agit d'un assassin, d'un voleur et d'un assassin de base d'armes laser. Entité nationale fédérale.

Il avait été identifié par différentes procédures. mais enfin identifié !

Il suffisait au chef de donner le mandat d'arrêt immédiat.

« Entourez-le ! Tirez si nécessaire.

Hugo se rendit compte qu'il n'avait plus d'échappatoire. Mais il n'avait pas oublié l'arme laser qui lui avait donné de si bons résultats dans l'entité fédérale nationale pour s'emparer des millions et il s'en est servi.

"Il a un laser", a crié quelqu'un.

« Au feu ! ordonna le patron.

Maintenant, la chasse était à mort.

Le déploiement des forces a donné une idée de la façon dont les puissants étaient protégés des éventuels faussaires, des voleurs probables, des indésirables en tout genre.

Bientôt, il a continué à tirer avec son laser en reculant.

Son arme était petite, mais efficace.

"Je ne sais pas quelle charge il a", se dit-il, il pensait que s'il manquait de charge, ils finiraient par le frapper.

Sans hésiter, il se jeta dans l'étang.

Il a nagé sous l'eau. Il a nagé beaucoup plus longtemps qu'une ReFoundation n'aurait pu endurer.

Le gardien continua d'ouvrir le feu et le chef, devant le retard d'Hugo à partir, déclara :

"Il aura péri... Je demanderai une vérification.

Entre-temps, Hugo avait déjà parcouru un long chemin, et il avait aussi compris, tout comme Andros l'avait fait auparavant, les systèmes de détection et la manière de les contourner.

"Ils ne me trouveront pas", a-t-il assuré.

Sur ses vêtements, il avait des ornements métalliques, juste pour les placer aux endroits clés de sa personne et pénétrer à l'intérieur d'un véhicule métallique.

Il a commencé à courir.

Les détecteurs ont fourni des informations.

"Le sujet est toujours vivant. Le sujet est toujours vivant...

« Entourez le lac ! ordonna le patron.

Hugo savait que le terrain d'hélicoptères de plaisance était à proximité et a continué à fonctionner. Leur force était supérieure à celle de ReFoundation et c'était un autre avantage notable.

Il arriva sur le terrain et s'installa dans l'un des appareils.

" Hé ! " cria l'un des employés. " Donnez-moi votre preuve !

Le reçu que Hugo a fourni était un boulon laser.

Puis, fermant la porte, il appliqua la plaque métallique qu'il tenait dans sa main gauche sur l'une des commandes de l'appareil. Métal contre métal.

Le détecteur a perdu le contrôle de lui. Hugo a souri en démarrant l'hélicoptère et s'est éloigné après avoir déjoué ses partisans.

CHAPITRE XV

À la maison Tombler, le frère de Plumbia après avoir pris contact avec Sandor a appelé l'homme d'une autre planète.

"Allez, tu peux lui donner des nouvelles maintenant" dit-il.

Andros a pris la parole et a vaguement expliqué son plan.

« Il n'y aura sûrement pas besoin d'attaque. Attendre. C'est une question de peu de temps. J'attends des nouvelles du Président.

« Est-ce à propos de ce qu'ils ont récemment rapporté ? s'enquit Sandor.

Plumbia n'a pas pu se contenir et a anticipé Andros.

"Oui, Sandor. Et il a tout accompli par lui-même. Le président est d'accord et ils vont changer tout le système de cerveaux et d'ordinateurs ...

« D'accord, d'accord, Plumbia. Laisse Andros porter, s'il te plaît ", répondit Sandor.

De nouveau, l'homme d'une autre planète parla.

"C'est vrai. L'attente sera courte. Ne rien faire.

" J'attends ! Wender veut te dire quelque chose. Il est le chef d'un des groupes de coordination.

La voix de Wender parvint dans le récepteur.

« J'aimerais te rencontrer un jour, Andros, ils m'ont parlé de toi. Ici, nous avons tous confiance. Personne ne veut une effusion de sang, mais si quelque chose ne va pas, venez avec nous.

« Eh bien, je ne pense pas que cela échouera. Tout va bien pour l'instant.

Cependant, dès qu'il eut fini de le dire, il eut un pressentiment, une prémonition.

« Au revoir, Andros. Heureusement !

Andros répondit machinalement :

"La chance n'existe pas..." mais intérieurement, il pensait que sur la planète ReFoundation, la chance était un facteur important dans de nombreuses vicissitudes et destins de ses habitants.

Cette prémonition a continué.

Son changement d'expression était si imperceptible que les Tomblers ne le remarquèrent pas.

La pensée, sa pensée, le rapprochait du siège présidentiel.

Pourquoi? C'était quelque chose qu'il ne pouvait pas voir par lui-même.

* * *

Et absolument rien ne se passait au siège présidentiel. Tout était calme, et le Président, à l'intérieur, se réunissait toujours avec ses conseillers en session extraordinaire.

Ils se disputèrent.

« Ce que vous proposez, monsieur, est quelque chose de trop grave. Pouvez-vous imaginer les conséquences qui peuvent en découler?

« S'il y a eu des erreurs, elles seront exposées. Où sera notre politique ?

Une autre voix déclara :

«Nous allons créer le discrédit pour nous-mêmes.

Le président était sain et sauf. Il hésita à ces mots, mais le souvenir de la voix persuasive d'Andros le maintint ferme.

« Toute responsabilité à laquelle je fais face directement. Et quoi qu'il arrive, cela vaudra la peine de faire de la liberté et de la paix plus que des mots vulgaires.

"C'est très bien en théorie, monsieur", sourit le ministre de la Défense de la White ReFoundation, et sa voix était comme toujours chargée de sarcasmes. Au moins, ils ne nous traiteraient pas de criminels alors que nos ancêtres acceptaient de mettre fin aux guerres une fois pour toutes, annihilant tous ceux qui étaient contraires à nos intérêts. Était fini. Nous étions des criminels autrefois, mais cela en valait la peine.

« Je ne cautionne pas ce langage, Protor ! Ce qui a été fait n'a jamais été à but lucratif », a claqué le président.

"Ah ! Non monsieur ? Alors on aurait pu répartir les richesses, vraiment collaborer à l'agrandissement des cantons les plus sous-développés.

« Ce que Protor vient de dire est encore plus grave. Il nous fait tous admettre que nous agissons mal et est ainsi d'accord avec les « libérateurs ».

« Non monsieur. Au contraire ! Il n'y avait qu'une seule façon pour nous tous de mal vivre, et c'était de diviser la planète. Seule une partie pouvait vivre opulent. Pourquoi resterions-nous dans l'un des trois quarts ?

Un autre conseiller a corroboré :

« Protor a raison. Ce n'est qu'à cette occasion que le bien de notre course a été pris en compte. C'est ce que n'importe quel dirigeant d'autres races aurait fait. C'est dommage qu'il y ait les trois quarts de la planète dans un état, disons...

"De la famine" a contribué à préciser le ministre Protor.

« C'est... C'est très regrettable ; mais la question était eux ou nous.

"Donc" Protor sourit ", chercher une révision équivaudrait à recommencer... Notre devise n'est-elle pas l'amélioration constante ? Eh bien, nous sommes déjà les premiers. Pourquoi revenir en arrière ?

Il y avait le silence.

Personne n'était trop satisfait, mais au fond, ils devaient être avec Protor, qui prônait la poursuite du système.

Le président a rompu le silence.

« Laisse-moi y réfléchir... Je vais parler à cet homme.

« Quel homme ? demanda Protor, et tout le monde était impatient de savoir quelle personne avait pu influencer le président.

« Il s'appelle Andros. Sûrement s'ils l'entendaient... Oui, je le convoquerai. À l'heure actuelle. Messieurs ! La séance reprendra demain.

* * *

Pendant ce temps, Hugo était toujours dans l'hélicoptère à réaction, sans toutefois le forcer à partir. Il pouvait entendre les nouvelles sur les "chaînes de discussion".

Ils donnaient des nouvelles qui le concernaient.

"" Le meurtrier et voleur de l"Entité Nationale Fédérale' a été localisé. Découvert en gondole, il a été acculé par le gardien et les détecteurs ont annoncé sa mort. Notre garde s'est à nouveau couvert de gloire. "

Hugo éclata de rire.

« Couvert de gloire ! Je vais te ridiculiser. Je dois faire quelque chose pour que la planète se souvienne de moi. Maudits scarabées ! Vous saurez ce que c'est que d'avoir affaire à un être supérieur. Oui... Je dois laisser mon nom écrit partout pour que personne ne l'oublie...

Ensuite, l'émission a rapporté la réunion du président.

« « Demain il y aura une nouvelle rencontre ! Il est prévu d'invoquer un nouvel élément appelé Andros qui a apparemment des ancêtres avec notre président, qui assure que ... »

Andros ! " s'exclama Hugo, coupant la communication." Andros et le Président ! Qu'est-ce que cet idiot mijote ? Hum... Ouah, ouah ! S'il se lie d'amitié avec le patron... Pourquoi ne pas le faire moi-même ? J'ai les mêmes moyens... C'est... Regardez, gardes regardez !

Et Hugo se dirigea vers le siège présidentiel.

* * *

Cette information qui avait atteint tout le pays, a également été entendue par le professeur Kannen qu'il n'avait pas oubliée.

Andros ! Je n'oublierai jamais ce nom. Ce pourrait être la même personne...

Et Kannen a contacté le chef de la garde de son secteur, à qui il avait dénoncé Andros.

Avec les systèmes défensifs de ReFoundation, la police n'a pas tardé à agir.

Il devait en principe avertir le siège présidentiel et rechercher l'affiliation d'Andros.

Kannen et le garde savaient tous deux qu'Andros n'avait pas de plaque signalétique. Des informations ont ensuite été demandées au "cerveau central", qui a relayé les données au bureau pré-présidentiel.

Les chefs des différentes sections attendaient le traitement des données.

"Reste en contact.

« C'est le quartier général de la Garde ! On attend des nouvelles...!

« Le siège présidentiel écoute.

« Nous attendons des nouvelles du bureau pré-présidentiel.

Et les commandes ont continué à fonctionner. Les données étaient transmises automatiquement au loin.

La réponse définitive n'a pas tardé à apparaître :

Andros. Sans plus de données. Aucune identification. C'est le même élément. « Et la longue bande lumineuse véhiculait le même message-réponse : Andros. Sans plus d'informations... »

Au quartier général de la Garde, le même commandant suprême a demandé par radio :

« Passez-moi le président. C'est urgent. Très urgent.

CHAPITRE XVI

Peu de fois une histoire avait autant ému l'opinion que celle qui avait été diffusée toute la nuit.

La stupéfaction était générale. Au siège présidentiel, ils ne fournissaient pas de rapports à l'opinion, mais les bulletins d'information répandaient constamment l'imposture d'Andros et les programmateurs, dûment préparés, ajoutaient :

« Des membres de l'organisation des « libérateurs » ont : réussi à pénétrer dans le siège présidentiel, par des procédures inconnues. Nous ne pouvons accuser nos « cerveaux » d'échec, puisqu'ils ont eux-mêmes sonné l'alarme, ce qui prouve la bonté de nos systèmes. Pour le moment, ce qui manque, c'est la recherche et la capture de ce dangereux Andros qui, insistons-nous, ne peut être qu'un espion membre de l'organisation des « libérateurs ».

Et à la maison Tombler, la nouvelle était tombée comme une bombe.

Qu'est-ce qui a pu arriver ? se demanda Plumbia.

"Ça ne pouvait pas bien se passer" déplore son frère.

"Je ne sais pas... Bien qu'en prononçant mon nom que le professeur Kannen puisse...

La mémoire et l'esprit de déduction d'Andros continuaient à fonctionner parfaitement.

« Mais vous ne pourrez pas y retourner.

« Je peux revenir en arrière. J'ai pu une fois... Je suis sûr que si je peux parler pendant l'une des séances, j'atteindrai mon objectif.

"C'est trop risqué", a prévenu Plumbia,

« Ma sœur a raison. Laisser seul. Vous en avez assez fait.

« Maintenant, je vous ai tous engagés. Ne voyez-vous pas? Sur la carte, le Président a inscrit l'adresse de cette maison.

« C'est vrai ! Comment ne sont-ils pas venus ? » s'est exclamé Plumbia. « Parce que je manque encore de données et que le dossier du Président est personnel. S'ils peuvent vous convaincre, ils se présenteront ici. Je ne porte vraiment pas beaucoup de chance.

« Ne dis pas ça, Andros » marmonna la jeune femme. Vous aidez tout le monde de manière désintéressée.

«Ce sera parce que je l'ai toujours appris de cette façon. Mais je n'ai pas fini. Je vous assure que demain j'irai là-bas. Tu dois y aller maintenant. Allez avec Sandor. Vous serez plus en sécurité.

" Non ! protesta Plumbia. J'ai un jeton. Ils ne m'ont pas accusé. Peut-être que cela peut même t'être utile. J'irai. J'irai avec toi. " Et moi " décida le frère de Plumbia.

« Non. Elle possède le jeton, c'est vrai. Ce n'est que s'ils la trouvent ici qu'ils l'arrêteront, à moins que ce ne soit le Président lui-même qui la dénonce. Il faudra l'écouter.

Le frère insista toujours pour vouloir les accompagner, mais Andros refusa catégoriquement. Les derniers rapports ont été décevants :

« Le président a fourni le dossier Andros pour une clarification complète des faits. On espère que sa localisation et sa capture ne tarderont pas à venir.

Andros a commenté :

« C'est maintenant que nous devons partir. Il n'y a pas de temps à perdre. Les sirènes des voitures de police ne tardèrent pas à se faire entendre.

* * *

La même nouvelle avait été entendue par le groupe de Wender, qui s'est exclamé :

« Communiquez avec Andros, Sandor. Maintenant, il a besoin d'aide et nous avons besoin de lui. S'il est nécessaire de lancer l'attaque finale plus tôt que prévu. nous le ferons.

Et l'un des enseignants a rapporté :

« Ce serait le bon moment. Il y a beaucoup de confusion. Communiquez avec cet homme. Localisez-le.

* * *

A cette époque, l'hélicoptère d'Hugo survolait déjà le siège présidentiel.

Les détecteurs travaillaient pour identifier qui survolait la zone interdite.

Hugo fit se lancer l'engin vers le dôme du grand édifice. Il avait son arme laser prête.

"Ce sera mon premier tour" se dit-il à voix haute.

Les détecteurs ne transmettaient aucune donnée.

À ce moment-là personne n'a pensé à vérifier les données, ou les traces et quelqu'un au milieu de la confusion qui régnait en raison de l'audace du pilote a laissé entendre :

«Ce ne peut être qu'Andros. Il sait que sa supercherie a mal tourné et maintenant il attaque le président.

« C'est Andros ! D'autres ont affirmé plus catégoriquement.

"C'est le foutu" libérateur ". Vous devez l'abattre.

« Pas maintenant ! C'est trop près du dôme. Il va s'écraser !

Mais Hugo était trop bon pilote pour s'écraser et il savait ralentir à temps et au même moment il ouvrait l'un des verres de sécurité pour tirer le laser sur le dôme.

« C'est attaquer !

Hugo avait déjà joué son tour et s'éloignait avec toute la puissance que lui permettaient les réacteurs du jet.

La persécution a été immédiate. La base défensive du siège présidentiel a été mise en mouvement.

Dans le même temps, les stations annoncent :

«Attaque des rebelles contre le siège présidentiel ! Et au quartier général des « libérateurs », Wender marmonna :

« Qu'attendre ? Cela nous donne la ligne de conduite à suivre.

« Oui, Wender » a corroboré Sandor. Nous ne pouvons pas vous laisser tranquille.

"C'est un bon moment" répéta le professeur. Il a monopolisé toutes les forces. Notre objectif doit être le même, maîtriser le cerveau central ; si nous réussissons, les forces de l'injustice présidentielle seront affaiblies.

De son côté, et alors qu'Andros voyageait avec la voiture Tombler, avec les deux frères à bord, après avoir appris la nouvelle, il pensa au nom de l'auteur :

"Hugo. C'était lui.

Les Tomblers n'ont absolument rien compris.

« Il n'est pas possible qu'ils aient été confondus. Vous n'avez pas été. Pourquoi ne détectent-ils pas le vrai coupable, Andros ? Ils ont l'intention de vous accuser pour mettre tout le monde contre vous.

"Non. Ce n'est pas eux, Plumbia. Je sais qui c'est. Et je suis le seul à pouvoir résoudre ce problème. Et je devrai le faire. Malgré moi, je le devrai. J'ai besoin d'une autre voiture. les libérateurs le sont. Expliquez ce qui se passe.

« Nous irons avec vous, dit le frère de Plumbia.

"Pas maintenant. C'est trop dangereux.

« Vous avez besoin d'une voiture et nous n'avons que celle-ci.

" Désolé ! Je vais en voler un... Je dois... utiliser les moyens de cette planète. La cause est juste.

Il a arrêté la voiture devant un parking. Les Tombler étaient indécis, mais surtout ils ne voulaient pas laisser Andros seul. Comment pouvait-il seul contre toute la garde ?

CHAPITRE XVII

Les deux exilés sont allés à sa rencontre. Leur onde cérébrale respective, chacune concentrée dans celle de leur planète compatriote, les a conduits à l'inévitable dénouement.

Hugo avait laissé son hélicoptère et l'avait changé pour une voiture, de cette façon ils avaient déjà perdu sa trace à nouveau, car son isolement l'empêchait d'être détecté. Et pendant ce temps-là, il pensa à Andros.

« Vous devez déjà savoir que c'est moi qui ai organisé ce déploiement de forces. Vous entendez les nouvelles comme moi. Tu sais qu'ils t'accusent, donc tu sais que je suis...

Et Andros pensa :

Tu proposes quelque chose d'infâme, Hugo. Vous vous croyez supérieur et vous avez l'intention de dominer la planète par la terreur ou autre, et je l'empêcherai, même si je dois recourir à la violence. Je dois utiliser les moyens à ma disposition. "

Hugo continua ses pensées :

«Je vais t'achever, pilote, tu es le seul à pouvoir foutre en l'air mon exil. Oui... Vous vouliez vous lier d'amitié avec le Président. Eh bien, maintenant je serai cet ami.

Ils vont vous acculer et vous anéantir. Plus tard, je verrai comment je les domine tous. Je ne veux pas être persécuté, ou avoir quelqu'un pour m'éclipser. Oui. Je vivrai aussi avec les moyens à portée de main. "

Et Hugo a continué en direction du siège présidentiel.

Il est arrivé avant son ami.

Alors que le véhicule approchait du bureau pré-présidentiel, le garde a prévenu, dès la marche sauvage, que le conducteur n'allait pas s'arrêter.

« C'est une nouvelle attaque ! "crier.

L'arme laser d'Hugo a repoussé les gardiens.

Les détecteurs ont annoncé ce qui s'est passé, mais n'ont pas pu donner le nom de la cause de ces crimes.

Lancé, Hugo a continué sa marche vers le bâtiment, mais avant d'arriver, un autre groupe de gardes est sorti pour le couper.

Hugo se servit à nouveau de son arme. Sa rapidité et son excellente précision ont fait tomber les défenseurs du siège présidentiel.

Presque instantanément, il a sauté de la voiture et celle-ci s'est écrasée contre d'autres véhicules stationnés. Un contact avec la batterie électrique a provoqué une explosion. Hugo a traîné le corps d'un des gardes dans les flammes.

Avant que de nouveaux renforts n'émergent de l'intérieur, Hugo avait jeté l'homme au feu. Les flammes le dévoraient rapidement.

Les nouveaux gardes ont foudroyé la zone en rafale, tandis qu'Hugo restait caché derrière le rebord d'un des murs du quartier général.

" Personne ! dit l'un des gardes.

"Ne faites pas confiance..." a répondu un autre.

« Voici ! » Un troisième plus près des flammes montra le corps du camarade qui brûlait.

Il n'a pas été possible de le reconnaître. Le feu le tuait.

"Ce doit être Andros..." Son véhicule s'est écrasé. Oui. Nous devons signaler.

Ils étaient tout autour du feu. L'entrée fut franche et Hugo en profita.

Une fois à l'intérieur, il lui était facile de s'orienter vers les quartiers du président.

* * *

Andros avait acheté une nouvelle voiture et courait à plein régime.

Mais il était encore loin, loin de dépasser Hugo, qu'il sentait justement là. C'était, comme toujours, la prémonition de ceux de sa planète.

Il ne pouvait pas entendre ce qui se disait là au quartier général, ou voir ce qui se passait, mais le pressentiment était terrible.

"Si je pouvais courir plus..." et pulsait frénétiquement les inducteurs de vitesse.

Mais Hugo... Hugo était déjà avec le Président.

* * *

« D'où venez-vous ? Qu'est-ce que ça veut dire?

Il y avait deux conseillers qui étaient avec lui. L'un était Protor. Hugo a essayé de les dominer avec ses yeux et ses pensées,

« Écoutez-moi bien. Je suis un envoyé spécial de la planète Calixte... Peu m'importe si vous ne me croyez pas, je ferai les démonstrations de mon pouvoir que vous jugerez appropriées ; mais maintenant, prenez soin de moi.

Lentement, il avait réussi à s'affirmer.

Hugo continua à parler rapidement, un peu incertain de lui-même. Il ne pouvait se permettre d'insister davantage, il parlait comme s'il ordonnait :

« Andros, la personne que vous recherchez est un hors-la-loi de ma planète. Ma mission est de le capturer, mort ou vif. Vous êtes également intéressé à l'éliminer, car depuis son arrivée, il n'a produit que des troubles. Il a assassiné un garde, il a agressé une entité nationale... Il les a attaqués ici, à leur quartier général et avant d'essayer de les duper... N'est-ce pas ?

"Attendez une minute," intervint Protor. Comment sait-on qu'il dit la vérité ? '

« N'avez-vous pas répandu dans vos nouvelles que la cause de ces crimes ne laisse aucune trace ?

"Oui, mais... Vous..." Je me suis identifié. Je suis un agent de ma planète. Je ne voulais pas que ça transcende. Ce genre de nouvelles, je le sais par expérience qui fait peur aux gens. Ma mission n'est pas la guerre pour toi. C'est une mission de service et j'espère que vous le comprenez.

Tout ce que je vous demande, c'est de ne pas être dupe. Concentrez toute votre garde. Dès qu'ils apparaissent, ne vous laissez pas dominer, achevez-le. Je serai parmi vous.

Protor a annoncé :

« C'est ce que nous voulons, mettre fin à lui. Peut-être connaissez-vous un support plus sécurisé.

"La seule sécurité est de tirer pour tuer... S'ils ont des lasers, concentrez-les ici. Je sais qu'il viendra.

« Il sait ? », a insisté le président.

"Je sais. Mon cerveau, messieurs, avec tout le respect que je vous dois, est supérieur au vôtre, il a la capacité de penser et de voir. Et je vois Andros se diriger dans cette direction.

* * *

Oui, Andros a continué sa marche effrénée, une marche qui allait arrêter sa mort, car les instructions d'Hugo étaient exécutées malgré le fait que les gardes rapportaient :

"C'est le véhicule d'Andros... Il est là-bas" et le chef du garde le montra à travers les écrans qui se concentraient sur le tas de ferraille avec un corps carbonisé.

Mais encore une fois Hugo a sauvé la situation.

"Non... C'était sa ruse. Cela prouve qu'il n'est pas en route, mais qu'il est déjà là. Il se cache quelque part. Oui. Je le vois... Je ne le sais pas bien, mais il est dans un endroit sombre Près de l'eau... Je le vois.

Sa domination sur les autres lui a permis de continuer à rester dominant, malgré de petites appréhensions et des doutes. Peut-être que son influence était moindre que celle d'Andros ou peut-être qu'il y avait plus d'insécurité dans ses paroles d'avoir constamment à improviser, à chercher des excuses et à mentir.

Le gardien a reçu l'ordre de procéder à une fouille. Andros se rapprochait de plus en plus.

CHAPITRE XVIII

Des groupes de commandos avaient leurs dirigeables prêts pour la marche. A la suite de vols ou de rebuts de matériel, ils avaient obtenu un petit parc d'appareils qui avaient déjà été mis à l'épreuve lors de missions de formation.

Sandor en voyant l'intégrale des personnes a dû admettre :

"Je ne pensais pas que vous étiez si nombreux...

« Il y a plus de mécontentements que beaucoup ne l'imaginent. Et nous aurions plus si ce n'était que certains par peur, d'autres par lâcheté et le plus par confort, préfèrent que d'autres se battent pour eux. Mais ça ne fait rien.

« Je veux aussi me battre, pour la liberté et pour l'homme qui m'a sauvé la vie. Il donne l'exemple à tous, sans rien chercher ni demander en retour.

« Ça va, Sandor. Tu feras partie d'un équipage aérien. Tu n'es pas entraîné à combattre au sol. Je vais retrouver les autres patrons ! Nous partirons tout de suite.

Le nouveau jour se levait.

Ce qu'Andros avait voulu empêcher à tout prix, en suivant l'exemple et le système de sa planète, était déjà inévitable, car il semblait aussi qu'il pouvait lui sauver la vie.

C'était déjà tout près du siège présidentiel.

Votre intuition. Sa prémonition lui annonçait un danger. Mais il devait continuer. Il lui fallait continuer.

Les groupes commandos rebelles étaient en marche. De petites voitures, des jets et même un vieux navire de commerce bien agencé ont décollé des champs en direction de la capitale de la White Empire ReFoundation.

Une guerre inégale allait bientôt commencer, mais les « libérateurs » avaient le facteur surprise et comptaient aussi sur la chance.

* * *

Andros était très proche du contrôle du bureau présidentiel.

Il arrêta sa voiture et regarda dans l'allée.

Il n'y avait pas un seul garde et cela aurait manqué le plus confiant.

Andros « savait » positivement que c'était un piège. Il sortit du véhicule et fit quelques pas, regardant toujours devant lui. Tout était pareil. Silencieux. Seul. La lumière du jour lui a permis de voir le panorama avec cette étrange clarté matinale, typique de la planète.

Il sortit sa radio, la radio que les Tomblers lui avaient donnée, et l'alluma. Marchant toujours, il parla à travers elle.

Andros, appelant le président. J'ai besoin d'un entretien urgent. Je m'approche du quartier général. Je demande l'autorisation d'entrer.

Il a dû répéter son discours. Puis une voix retentit. Il crut reconnaître le président lui-même.

"Vas-y, Andros. Personne ne l'en empêchera,

Trop tôt pour que le président l'attende.

Puis il relâcha sa prémonition, comme s'il était certain de ce qu'il disait.

« Je veux parler à Hugo. Je sais que c'est ici.

Il n'y avait pas de réponse.

« Hugo est un de mes partenaires. Je sais que c'est ici.

La réponse ne correspondait pas à la question :

« Allez-y, Andros. Vous avez un chemin clair.

Il s'approchait des monolithes qui ressemblaient à des sentinelles muettes escortant le large chemin. Il passa entre eux jusqu'à ce qu'il soit presque le dernier. C'était le plus proche du bureau pré-présidentiel, puis venait le chemin clair, où il était impossible de se cacher.

Caché derrière le monolithe, il laissa passer le temps en attendant de voir quelque chose. Et il a pu le voir. Les hommes bougeaient. Tous étaient armés d'armes longues.

Il avait perdu beaucoup de temps. Il le jugeait trop, mais il savait aussi que le risque n'avait pas disparu, et il se dit qu'il valait mieux ne pas se montrer et tenter d'entrer en traversant le lac.

Il revint sur ses pas pour regagner la voiture. Puis au loin, il a vu un autre véhicule apparaître, Il a attendu là. Le véhicule approchait à grande vitesse. Il se dirigeait vers lui.

Quel nouveau danger l'attendait ?

Andros resta debout, imperturbable. Finalement, le véhicule s'est arrêté. À travers la vitre avant, il reconnut ses occupants. Le Tombeau !

« Vous m'avez suivi ? Andros demanda inutilement.

"Nous n'allions pas te laisser tranquille", fit remarquer le frère de Plumbia et elle murmura :

«C'est un trop grand risque.

"Et inutile" dit le frère. Nous avons entendu Sandor. Ils se dirigent par ici. Ils vont attaquer !

" Ne pas!

"Oui. Plus rien ne les arrêtera.

Naturellement, Andros n'était pas concerné par tout cela, cependant, ReFoundation était "sa planète". Si elle voulait le rejoindre, elle devait aussi se battre. Battez-vous pour l'améliorer mais pas avec des armes, mais avec intelligence, avec la supériorité manifeste de votre cerveau, de vos sens. Jamais avec des armes !

C'est alors que le bourdonnement des jets annonça l'approche des boules de feu et des artefacts volants des rebelles.

La sirène d'alarme a retenti dans tout le siège présidentiel. Les détecteurs ont annoncé le danger.

« Escadrons d'attaque !

Les détecteurs fonctionnaient sans cesse, identifiant les rebelles libérateurs.

« Mission de grève !

Mission de frappe !

La nouvelle parvint au Président, et Hugo, qui était toujours avec les gens du quartier général du Président, il lui vint à l'esprit de dire :

« C'est une attaque conjointe. Andros travaille. N'hésite pas. Ils auraient dû aller le chasser.

Un autre des conseillers de la régie générale est arrivé pour signaler :

« Les cerveaux ont donné l'ordre de faire tomber les rebelles.

"Je vais à la salle de contrôle", a répondu le président.

Dans ces cas, malgré les "cerveaux" et les ordinateurs, c'était l'homme qui devait avoir le dernier mot.

Quelques instants plus tard, dans la salle de contrôle spacieuse, le Président observait le cerveau central du quartier général. Celui qui capturait, absorbait et transmettait les ordres.

Ses indications étaient exactes.

« Cinquante degrés pour l'attaque... Quarante-neuf, quarante-huit...

Cinquante était le point de départ, puis les degrés descendaient jusqu'à atteindre zéro. A partir de là, il serait trop tard.

" Que faisons-nous ? " S'enquit Protor. " Qu'est-ce qui te fait douter ?

"Je n'en doute pas. Je n'hésiterai jamais devant les rebelles, mais..." il y avait quelque chose de différent dans l'attitude normale du Président. Peut-être pensait-il à la nécessité d'une rectification de ces machines dont il était le premier trimer.

Le cerveau a continué à diminuer les points.

"Quarante degrés. Trente-neuf, trente-huit.

« Tout le monde à vos postes » a finalement ordonné le premier président de ReFoundation.

« Tout est prêt, monsieur. C'est la preuve que nos systèmes fonctionnent toujours parfaitement.

« Trente-cinq... trente-quatre.

"C'est bon. Achevez les rebelles.

Protor était soucieux de donner l'ordre. Et pour cela, il suffisait d'appuyer sur l'un des boutons du cerveau central.

En dehors du quartier général, Andros a également compris la nécessité d'éviter ce combat.

“ Je conduirai la voiture, comme l'autre fois, avait proposé Plumbia.

« Ils nous attendent. Ils ne vous laisseront peut-être pas le temps de vous identifier.

Et si je conduisais ? " Dit le frère.

« Vous n'avez pas de badge. Allez, Plumbia, ça doit être toi !

"Merci de m'avoir fait confiance.

« Ce n'est pas de la confiance, c'est de la peur de ce qui peut vous arriver. Je veux qu'il ne t'arrive rien.

Elle sourit contente. Puis il monta dans la voiture et Andros utilisa la même cachette qu'avant.

A ce moment, la main droite de Protor était à côté du bouton.

Le cerveau avait dit : "Trente-quatre, trente-trois..."

Le président tint un instant la main de son ministre.

« Ne les laissez pas commencer en premier.

« D'accord, Protor.

"" Trente-deux, trente et... "

"... Allez-y" a conclu le Président.

Dehors, la voiture conduite par Plumbia filait vers l'allée. Protor appuya sur le bouton. Les chiffres étaient rouges sur les écrans d'ordinateur.

« Action ! » C'était le mot.

Les chefs des postes stratégiques de défense étaient prêts. Aux bases, les pétards volants ont commenté le décollage. Ceux qui attendaient l'arrivée d'Andros, virent la voiture. Le patron a prévenu :

"Attention ! Si le conducteur du véhicule ne s'identifie pas, utilisez le laser.

CHAPITRE XIX

Une ligne droite jaune traversait le ciel bleu limpide.

C'était le début de la bataille. Un faisceau dirigé recherchait l'un des appareils.

Wender a donné l'ordre :

"Procédure spéciale. Mettez-la en pratique.

Plusieurs avions ont recherché un terrain d'atterrissage dans ceux précédemment choisis. C'était l'opération conjointe dont Wender avait parlé, des attaques à divers points stratégiques.

Mais l'avion qui devait rester en l'air risquait d'être touché par les rayons ennemis.

C'est là que les rebelles ont montré qu'ils n'avaient pas perdu leur temps.

Des pilotes bien entraînés manœuvraient avec leurs appareils pour éviter ces rayons, tandis qu'au commandement de Wender :

"Coup de foudre!

Un levier lançait le gaz qui attirait les rayons, mais il fallait l'appuyer au moment précis pour servir d'appât aux trajectoires destructrices du laser

"À distance, il n'y a pas d'effet", a expliqué Wender à Sandor.

Maintenant, toutes les défenses tiraient à l'unisson. Ce n'était pas seulement une ligne rapide qui traversait l'espace, c'était une vraie pluie.

L'un des appareils des libérateurs a été foudroyé sur le coup.

« Attaque, attaque ! », crie un autre des chefs de groupe

Un escadron de boules de feu s'est abattu sur une base aérienne pour se ravitailler et se ravitailler en carburant. Des obus à gaz ont fouillé l'installation.

Une fois les objectifs atteints, il y a eu une explosion sourde suivie d'une fusée éclairante, puis les explosions se sont enchaînées.

Simultanément, sur l'esplanade du siège présidentiel, les gardiens ont signalé le véhicule que conduisait la jeune fille.

« Le détecteur signale la présence d'une femme. Plumbia Tombler », a indiqué l'un des officiers.

« Que faisons-nous ? » Je voulais connaître un autre des gardiens.

« On n'a pas le temps de consulter les ordinateurs, ça peut être un piège. Nous sommes en guerre, aucune concession ne peut être faite.

Le ciel était toujours strié d'éclairs, d'autres explosions avaient lieu. Et Andros jeta un léger coup d'œil. Il vit les hommes prêts à lancer le laser.

« Saute, Plumbia ! Saut!

Elle obéit instantanément.

Le chef de la garde était sur le point de donner un ordre quand quelqu'un cria :

« Il a été jeté ! C'est vraiment une femme.

Mais la voiture a quand même été projetée.

Sa présence fit hésiter les gardes. Quelqu'un qui regardait le véhicule sans s'arrêter a crié :

" Fais attention!

« Personne n'est dedans.

La voiture s'est écrasée contre le mur et Andros a rapidement sauté lorsque la batterie a explosé. Il a pu se débarrasser de l'incendie qui à son tour a causé une nouvelle confusion.

« Il y a un homme !

Blame le! Le patron a crié.

Avec une agilité surprenante, Andros bondit contre la porte. Il dut charger contre elle et réussit à l'ouvrir alors que plusieurs rayons étaient sur le point de l'atteindre.

La porte, après avoir reçu les impacts, a commencé à brûler.

" Est entré ! cria quelqu'un.

" Oui ! Ne tirez pas. Tout le quartier général brûlerait en quelques instants. Il faut utiliser d'autres méthodes.

Mais Andros traversait déjà la grande salle principale. Il a connu la fonction présidentielle pour y avoir été reçu, sans avoir à se laisser guider par le sens de l'intuition.

Alors qu'il s'apprêtait à entrer, deux hommes lui bloquèrent le passage.

« Vous devez parler au président. « Il les a renversés avec sa poussée, mais quand il a eu la porte ouverte, il a vu que le bureau était vide. Il la traversa et sortit par une autre porte latérale. De là, il pouvait se rendre directement à la salle de contrôle, un panneau indiquait le chemin.

Après une distance prudente, il s'est approché de la salle de contrôle.

Ses poursuivants surgirent par derrière.

"Arrêter!

La confusion s'était reflétée dans les écrans des ordinateurs auxiliaires.

" Est-ce qu'il est! dit Hugo, et il sortit par la porte avec le fusil.

« Hugo ! s'exclama Andros. Il était entre deux feux et n'hésita pas à se jeter contre le sol alors qu'Hugo tirait sans hésiter son laser.

Le faisceau continu atteignit les gardiens.

« Nerd ! Arrêtez ça ! s'exclama le chef du garde. Les murs métalliques étaient percés, tandis qu'une flamme bleuâtre commençait à les consumer.

Des ornements d'autres matériaux ont été tirés par les flammes, qui se sont propagées.

Pour Andros, l'heure suprême était venue. Il s'est levé pour sauter sur Hugo, quand il a tourné le laser vers son ancien partenaire et désormais ennemi acharné.

Mais ensuite, le pistolet a cessé de fonctionner. Le fardeau que Hugo avait tant redouté s'acheva en ce moment. Quand il le remarqua, Andros était déjà sur lui, le renversant dans son assaut.

Forts tous les deux, le combat qui s'est déroulé a été titanesque. Aucun d'eux ne lâcha l'autre.

Le président et ses collaborateurs étaient sortis pour observer la lutte.

« Fini avec eux ! "Ordonné Protor." Après tout, ce sont des étrangers.

Le chef de la garde allait exécuter l'ordre.

Mais le président et les autres étaient toujours derrière.

« Reculez, monsieur ! Cela pourrait l'atteindre » s'est exclamé le chef chargé de la double exécution.

« Utilisez-le ! C'est moins dangereux que le laser ! » Et Protor lui-même a fourni un autre type d'arme, également de type pistolet, mais avec des faisceaux concentrés, courts et précis.

Pendant ce temps les explosions étouffées continuaient à mettre la musique de fond sous un ciel complètement jauni par les éclairs et les explosions.

Tout se passait en un éclair.

Et Andros voulait mettre fin à ce combat, il le voulait, mais...

Le chef allait tirer.

Andros réussit enfin à repousser son rival et le frappa avec son avant-bras, un coup terrible qu'aucun des présents ne l'avait jamais vu lui infliger.

Hugo chancela. C'était le moment où le patron a viré. Hugo a reçu deux coups précis et est tombé en arrière. Ses yeux devinrent vitreux sur place, alors qu'Andros se précipitait vers le cerveau.

« Achevez-le ! cria Protor.

"Je dois donner l'ordre d'arrêter cette tuerie" s'exclama Andros à son tour.

Mais le chef de la garde partait à sa poursuite, il a commencé à tirer lorsque Protor s'est mis en travers de son chemin.

Deux autres coups ont trouvé leur cible. Cette fois une cible inattendue, et Protor, le conseiller de guerre, le sarcastique ministre du cabinet présidentiel est tombé au sol.

Andros était au tableau et appuyait sur des boutons.

" Attendez ! " cria le président, empêchant le chef de tirer sur Andros. " Il veut en finir. Il ne veut pas de guerre, et j'aimerais savoir pourquoi... Il me parlait hier. Je ne sais pas qui d'entre eux a raison, lui ou celui qui est mort, mais je veux savoir.

« Attention, monsieur ! Cela pourrait être dangereux.

Andros s'avança vers eux.

« Président, rectifiez le cerveau. Ordonne-lui de cesser. Je parlerai aux rebelles.

« Il est trop tard, Andros. Ce cerveau ne peut pas être arrêté. Ce n'est que lorsque les ennemis de White ReFoundation seront apparus qu'il ordonnera lui-même la cessation.

« Alors détruisez-le, Président. Ne permettez pas à un carnage d'assurer la paix. Ce n'est pas comme ça qu'on s'assure...

« Vous ne pouvez pas revenir en arrière. Cela détruirait tout un système.

« Détruisez-le si ce système est néfaste ! Hier il était avec moi ! Aller! Detruis-le!

Les ondes cérébrales d'Andros fonctionnaient à nouveau à plein régime, et le président se dirigea lentement vers le tableau.

Parlez-leur, Andros. Parlez aux rebelles... Utilisez l'émetteur général" et indiquez sa place parmi les différents instruments.

"Attention attention ! Il te parle, Andros ! Arrête le combat ! Le Président va détruire le cerveau central ! Tu m'entends Arrête le combat !

Le président ouvrit un tiroir de la table métallique et en sortit un petit revolver laser.

« Ne l'écoutez pas ! », cria l'un des conseillers. « Ne vous laissez pas dominer par un étranger. Notre empire a toujours été le plus grand, le plus fort. Les autres ne sont que des vassaux...

Le président hésita. Andros s'approcha de lui.

« Vous êtes le patron. Vous êtes responsable... Allez !

"Reculez, monsieur ! cria celui qui tentait de dissuader le président.

Il a essayé de tirer sur Andros. Le président a crié :

" Ne fais pas ! Attends !

" Allez, allez ! Il sera tenu responsable devant l'histoire ", a lancé Andros. " Rectifiez, il est encore temps.

Le président voulait le faire, mais au-dessus de la domination d'Andros se trouvait également sa fierté d'être le premier président de la nation la plus puissante.

Andros ne voulait pas qu'un autre laps de temps s'écoule et a tenté d'arracher l'arme au président.

Il réussit et se tourna vers le bureau.

« Non ! Je vais le faire ! », a finalement décidé le président.

Il était tard, car le conseiller avait déjà viré. Il voulait le faire à Andros, mais le président, dans son empressement à récupérer le pistolet, a reçu l'impact.

La mort du président a bouleversé les personnes présentes. Personne ne savait quoi faire.

« Merde ! Merde ceux qui ne comprennent que la violence ! Merde !

Et il a retourné le pistolet contre le tableau de bord et a pulvérisé le laser à volonté. Tout a commencé à brûler rapidement. Il s'est ensuite tourné vers les autres et a tiré au sol.

« Dehors ! Dehors ! Je perds la tête sur cette putain de planète !

Les flammes se sont propagées rapidement alors que les installations cérébrales et les machines auxiliaires ont commencé à exploser, en chaîne.

La fumée rendait la vision difficile. C'était une barrière dense presque compacte.

Si quelqu'un pensait à anéantir Andros, il ne le faisait pas ou parce qu'il avait été caché par la fumée, ou parce que la plupart ne pensaient qu'à fuir et à sauver leur peau au milieu du feu.

Vu de l'extérieur, le spectacle offrait une beauté tragique, surtout lorsque les parois de métal ou de verre fondaient ou éclataient.

Le siège du gouvernement le plus puissant de ReFoundation s'effondrait.

Seulement une femme. Plumbia pensa à l'homme encore à l'intérieur :

Andros ! Il va mourir !

Au milieu du chaos, le frère de la fille était arrivé.

« Allons-y, Plumbia... C'est dangereux. Je vais essayer de le sortir de là.

Et là, dans le feu, se trouvait Andros, l'homme qui avait préconisé la non-violence, suivant les enseignements de son habitation.

Pour lui, cependant, il n'y avait qu'une seule victoire. La cessation de cette guerre absurde. Oui, parce qu'à travers le dôme englouti, il revoyait un ciel limpide. Pas de foudre pour le brouiller.

Les combats avaient cessé.

Les combáts avaient cessé, oui, mais le quartier général continuait de brûler.

Andros ! Andros ! La voix du frère de Plumbia retentit.

ÉPILOGUE

Tout s'était effondré. Il n'y avait pas la moindre trace de ce quartier général qui faisait maintenant l'objet d'un extraordinaire rassemblement de badauds qui se demandaient ce qui allait se passer ensuite.

Les dignitaires moyens y avaient afflué et commençaient déjà à planifier l'avenir.

« De nouveaux cerveaux seront nécessaires.

« Premièrement, le nouveau président devra être élu.

« White ReFoundation continuera d'être la nation la plus puissante.

Des ruines Plumbia et son frère sont apparus. Ada et Sandor étaient là aussi.

Ils ont approché les politiciens.

« Un homme a tenté d'établir la première justice » a commencé Sandor. Un homme qui n'a jamais eu soif de pouvoir. Il voulait la paix pour tous et l'égalité. Ne le gâchez plus !

« Ne faites pas de plans pour que tout continue de la même manière ! a soutenu Plumbia.

« Tout se fera démocratiquement ! « Dit l'un des politiciens. » Comme cela a toujours été fait et la volonté de la majorité prévaudra. Je suppose que personne ne sera prêt à revenir à ce qu'ils faisaient. ReFoundation doit rester puissante... C'est pour cela que les patriotes voteront.

"Peut-être les idiots... Andros n'a pas cru en votre démocratie. Il est mort pour nous sauver tous... Vous ne comprenez pas ? Votre système est basé sur l'égoïsme. En n'admettant pas, par orgueil, des erreurs...

Et pendant que, Sandor disait :

"Il est entre vos mains de ne pas laisser la mort d'Andros avoir été vaine..." Plumbia s'éloigna du groupe, il avait cru entendre une voix...

Il avait un émetteur à la main et il l'a allumé. Était-ce une intuition ou... était-ce la réalité ?

Ce que personne n'avait vu, c'était cette étrange boule de feu qui traversait le ciel. A présent, c'était loin, très loin. C'était comme une petite étoile invisible pendant la journée.

Il était piloté par une femme avec un passager : Andros

Andros lut à travers l'écran ce que le responsable de sa planète avait à lui dire :

«Vous avez suivi vos traces à travers cette planète étrange et méchante. Vous avez su montrer votre bonne humeur. Vous avez voulu faire bon usage de votre exil et le Conseil a décidé à l'unanimité de vous réintégrer à vos destinées... »

Oui. Le navire s'était soudain immobilisé près du lac. Il comprit la signification de cette apparition. Il n'avait qu'à s'accrocher à la corde magnétique qui émergeait du véhicule spatial pour l'atteindre.

La femme pilote, la même qui l'avait conduit à l'exil, murmura :

« Allez-vous transmettre cette femme ?

"Oui. Je veux dire quelque chose à Plumbia. Elle est très courageuse.

C'est alors qu'à l'aide de la radio qu'il avait emportée en souvenir, il se connecta avec elle.

Et elle, Plumbia, n'a entendu qu'une rumeur lointaine, mais a compris. Il comprit les paroles d'Andros :

« Peut-être que nous nous reverrons un autre jour. Je voudrais savoir si le peu que j'ai fait a été utile.

Puis la communication a été coupée dans The Distance.

Et une autre phrase du chef de cabine est apparue sur l'écran du navire.

« Tu leur as montré la voie, Andros. Ils savent ce qu'ils doivent faire pour avoir cette paix que vous vouliez leur donner. Qu'ils choisissent. Mais n'ayez pas trop d'espoir... Vous l'avez dit. ReFoundation est une planète maudite, il y a trop d'envies, trop de faux sentiments. Vous seul ne pourriez pas le réparer. Ils pourront vivre heureux quand ils sauront écouter la voix de leur conscience. Ce n'est pas notre affaire, mais vous pouvez revenir si vous le souhaitez...

" Il a raison, marmonna le pilote. Vous avez fait plus pour eux que n'importe lequel de leurs habitants. S'ils ne savent pas profiter de la leçon, ce n'est pas de ta faute, Andros C'est pas de ta faute...

Et le véhicule s'est perdu dans l'immense Cosmos, loin de la mesquinerie d'une planète, de tant de planètes dont les races se croient supérieures.

À travers l'écran, Andros jeta un dernier coup d'œil à la cabine qui n'était qu'un point au loin. Un point insignifiant perdu dans la Galaxie.

Vu comme ça, d'en haut, une seule question pourrait convenir à n'importe quel esprit :

Qu'est-ce que ReFoundation ?

Cela vaut-il la peine de s'inquiéter pour des créatures misérables pleines d'orgueil risible ?

Oui. Parce que vu d'en haut, même un insecte est plus gros qu'une planète entière.

Mais Andros savait que là-bas, il y avait aussi des gens de bonne volonté.

FINIR

www.ingramcontent.com/pod-product-compliance
Lightning Source LLC
LaVergne TN
LVHW101948220826
846093LV00006B/142

* 9 7 9 8 2 0 1 1 6 3 2 0 4 *